설탕 실

설탕 설

연소민 장편소설

자이언트북스

차례

프롤로그

•

그날, 그곳에 가지 말았어야 했다.

앞이 잘 보이지 않을 정도로 비가 쏟아지던 날이었다. 흐린 차창 밖으로 스쳐 지나는 풍경을 보는데 일순간 굉음과 함께 차가 미끄러졌다. 거대한 파도에 속절없이 휩쓸리듯 어딘가로 멀리 떠밀려 갈 것 같았는데 내 몸은 여전히 차 안에 있었다. 세상이 기우는 건 정말이지 한순간이었다. 나에게 무슨 일이 벌어졌는지조차 인지하지 못했다. 안전벨트에 매달린 채 고개를 돌려 엄마를 보는데 갑자기 아빠와 엄마의 결혼사진이 떠올랐다. 결혼사진이라고 해 봤자 식을 대신해 레스토랑에서 우리 가족과 친척 몇 분만 모여 식사할 때 찍은 거였다. 그러니 가족사진이라는 표현이 맞을지도 몰랐다. 초등학생이었던 언니는 불퉁한 표정이었고, 아빠와 엄마는 은은

한 미소를 지었으며, 세 살이던 나만 활짝 웃고 있었다. 한 장의 사진 안에 웃음의 그러데이션이 고스란히 담겼다. 갑자기 그 사진이 떠오른 이유는 무엇일까? 뒤집힌 차 안에서 엄마가 그 사진 속에서처럼 미소 짓고 있었기 때문일까. 그렇다면 엄마는 사고가 난 상황에서 어떻게 웃을 수 있었던 걸까.

어쩌면 사진이 아니라, 사진을 보며 언니와 나눈 대화가 떠올랐다고 하는 게 더 정확할지도 몰랐다. 여름 방학이 끝나고 대학교 근처 자취방으로 돌아가기 위해 짐을 싸는 언니에게 나는 결혼사진을 보며 이렇게 물었다.

"언니는 언제부터 기억나? 어린 시절 말이야."

언니는 고개를 들더니 내 검지가 가리키고 있는 벽걸이 액자 쪽으로 시선을 옮겼다.

"기억은 연속적이지 않아. 얄밉게도 오래 기억하고 싶은 건 가장 먼저 잊히고 기억하고 싶지 않은 건 오래도록 저장돼. 우리가 기억한다는 건, 원하지 않는 것만 건져 올리게 되리라는 걸 뻔히 알면서도 구멍이 숭숭 뚫린 그물을 바다에 던지는 일과 같은 거야. 제일 짜증 나는 사실은 괴로운 과거는 때로 너무나 현재 같다는 거지. 그런 기억은 힘이 너무 세서 미래까지 다 결정해 버릴 것만 같아. 그러니까 내가 기억하는 건⋯⋯."

언니는 말을 끊더니 옆에 내가 있다는 사실을 잊고 있던 사람처럼 불현듯 나를 바라봤다. 그때 나는 언니의 말을 이해하지 못했다. 언니가 무슨 말을 하고 싶어 하는지 전혀 알아차리지 못한 채 그저 계속 말해 보라는 의미로 고개를 끄덕였다.

"차라리 아무것도 모르는 넌 운이 좋은 편이지."

운이 좋다고? 그렇다면 언니는 운이 안 좋다는 뜻일까? 정연하게 설명할 수는 없지만, 그 말은 마음을 복잡하게 만들었다. 이유조차 모를 만큼 끔찍하게 싫었다. 언니는 내 속내를 다 안다는 듯 나를 흘겨보곤 인사도 없이 집을 나섰다. 그러곤 그 학기 동안 집에 한 번도 얼굴을 비추지 않았다.

차가 큰 원을 그리며 도는 동안 피가 머리로 쏠렸고, 그 와중에 나는 언니가 말한 기억의 이론이라고 해야 할지, 법칙이라고 해야 할지 모를 그것을 조금은 이해할 수 있을 것 같았다. 앞으로는 원하지 않아도 엄마의 미소를 자꾸 건져 올리게 되리라는 것도 짐작할 수 있었다. 우리가 눈을 맞췄던 장면이 눈 뒤에 선명히 새겨진 듯했으니.

빗길을 달리던 차가 미끄러지며 뒤집히는 순간, 나는

이 모든 걸 기억하고 생각했다. 시간이 죽죽 늘어나 움직일 수 없도록 몸을 휘감는 것 같았다. 어떤 찰나는 영원처럼 길어질 수도 있었다. 그리고 그 영원 같은 시간 동안 뒤집힌 건 차뿐만이 아니었다.

종업식

사물함을 열었다. 역시 텅 비어 있었다. 어제 마지막으로 남은 교과서를 전부 챙겨 집으로 가져다 놓았다. 사물함을 비우고 나니 겨울 방학이 시작되었다는 것이 실감 났다. 홀가분하면서도 동시에 두려웠다. 중학교에서 맞이하는 두 번째 겨울 방학이었다. 졸업까지 이제 겨우 일 년이 남았다. 중학생으로서의 시간이 끝나 가고 있다는 카운트다운이 시작된 듯했다. 다른 아이들에게는 반가운 일일지도 모르지만, 나에게는 도망치고 싶기만 한 마침표였다.

나도 모르게 긴 한숨이 나왔다. 사물함 위로 마른 나뭇가지의 그림자가 너울거렸다. 창문 밖으로 시선을 던지니 운동장 가장자리에 줄지어 선 플라타너스 가지가 흔들릴 때마다 안 그래도 희미한 겨울 햇빛이 조각조각

부서져 땅 위에 흩뿌려지고 있었다. 복잡한 마음에 어딘 가로 사라지고 싶어진 나는 나무 향과 함께 차가운 공기가 느껴지는 사물함 안으로 들어가기라도 할 듯 얼굴을 들이밀었다.

"뭐 해?"

뒤에서 들리는 윤아의 부름에 순간 움찔했다. 마치 숨기는 거라도 있는 사람처럼 얼른 얼굴을 빼고 사물함을 급히 닫았다. 그제야 주변 소음이 귀에 들어왔다. 강당에서 방학식과 종업식 행사를 마치고 교실로 돌아가는 아이들의 말소리와 실내화 끄는 소리로 복도가 소란했다. 문이 열려 있는 옆 교실에서는 크리스마스이브를 맞이해 틀어 둔 캐럴과 히터의 열기가 흘러나오고 있었다. 어디를 봐도 들뜬 분위기로 가득했다.

나는 종종걸음으로 윤아를 따라잡아 팔짱을 꼈다. 윤아의 손에는 두툼한 상장 다발이 들려 있었다. 윤아는 행사 도중 강당 무대에 올라 2학년 대표로 교과우수상을 받았다. 수상자의 이름이 호명되고 내 옆에 있던 윤아가 자리에서 일어났을 때, 나는 절로 우쭐해졌다. 주변 아이들이 "쟤가 걔야?"라고 수군거리며 혀를 내둘렀다.

조용한 학교생활을 지향하는 윤아가 학교에서 나름

유명한 이유는 최상위권 성적 때문이기도 하지만 모범생과는 거리가 먼 행실도 한몫했다. 윤아는 보통의 우등생들과 달리 수업 시간에 열정적이지 않았다. 공교육의 중요성을 설파하며 무엇보다 학교 수업에 집중하는 것이 가장 중요하다고 말하는 다른 전교권 아이들과는 사뭇 달랐다. 윤아는 수업 중에 자주 졸았다. 선생님이 시험에 나온다고 말할 때만 귀신같이 비척비척 일어나 필기하곤 했다. 강당에서 아이들이 속살거리던 말의 의미는 '쟤가 맨날 졸면서도 성적 잘 받는다는 애야?' 정도 될 것이다. 공부 머리가 마냥 타고난 듯 보이지만, 사실 윤아는 공부하느라 자주 밤새웠고 그 탓에 낮에는 병든 닭처럼 조는 거였다. 여하간 윤아는 밤과 새벽에 공부 효율이 가장 좋다고 했다.

윤아는 다큐멘터리 피디를 꿈꿨다. 그래서 시험 기간이 아닐 때는 영화나 다큐멘터리를 보며 종종 밤을 새웠다. 그럴 때면 아침에 어김없이 윤아에게 톡이 와 있곤 했다. 보통 자기가 새벽까지 본 EBS 다큐멘터리에 대한 감상과 영상 링크들이었다. 언젠가 윤아가 말한 적이 있다. 피디를 뽑을 때 공부 잘하는 사람을 선호하는 이유는 밤을 뜬눈으로 보낼 수 있는 근성과 오래 앉아 있을 수 있는 지구력이 필요하기 때문이라고. 밤새우는 것에 익숙하고, 짧은 시간에 고도의 집중력을 발휘하는 윤아에게 피디라는 직업은 제격인지도 몰랐다.

"총 몇 과목이야? 교과우수상."

내가 상장들을 힐긋거리며 물었다.

"여섯 과목인가?"

그야말로 독식이었다. 나는 새삼스럽게 감탄했다.

"거의 전 과목에서 우수하다는 거잖아? 너는 무조건 국제 고등학교에 합격할 거야."

나는 괜한 조바심을 느끼며 윤아를 치켜세웠다. 윤아는 이미 어느 국제 고등학교에 원서를 쓸지 결정했다고 했다. 국제 고등학교에 떨어질 경우를 대비해 차선책까지 세워 뒀다는 말에, 나는 감탄할 수밖에 없었다.

"너는 앞으로 나아가고 있구나."

나는 윤아에게 자주 이렇게 말했다.

"그건 모르지."

나의 호들갑에도 윤아는 담담하기만 했다. 하긴, 윤아는 장래를 기대받는 일이나 교과우수상을 받는 일에도 익숙할 거였다.

"너는 진일고 1지망으로 쓸 거지?"

윤아가 가벼운 말투로 물었다.

평준화 지역이었기에 일반고는 추첨제로 결정된다. 내가 다니는 진일중학교는 진일고등학교와 바로 붙어 있다. 일반 고등학교에 가는 아이들은 대부분 집과 가까운 진일고등학교를 희망했다. 기말고사가 끝난 직후 3학년 진급을 앞두고 '진학 희망 학교'를 작성해 담임에게 제출해야 했는데, 나는 진일고등학교를 적어 냈다. 하지만 그건 숨 막히는 진학 상담을 무난히 넘기기 위한 처세에 불과했다.

"……아직 잘 모르겠어."

나는 우물쭈물하며 아랫입술을 지그시 깨물었다. 내가 일반고를 희망할 거라고 단정 짓는 윤아에게 남모르게 감정이 상했다. 사실 그럴 일은 아니었다. 윤아에게 속내를 털어놓지 않은 건 나였으니까. 그럼에도 마음이 제멋대로 속상함을 뒤집어썼다. 관심 가는 고등학교는 따로 있었지만, 아직 윤아에게는 말할 수 없었다. 일기장에조차 내 마음을 솔직하게 적기 어려웠다. 나 스스로도 진심을 장담할 수 없었기에, 자신의 선택에 흔들림 없이 확신하는 윤아를 보고 있으면 괜히 조바심이 났다.

종례가 끝날 기미가 보이자, 반 아이들이 조금씩 산만해지는 게 느껴졌다. 나는 그럴 수 없었기에 아이들이 내뿜는 옅은 열기를 더 잘 느끼는 것인지도 몰랐다. 옆자리 아이는 책상 아래에서 손가락을 획획 넘기며 릴스를 벌써 여덟 개째 보는 중이었다. 또 어떤 새로운 춤이 유행하는 걸까, 또 무슨 밈이 돌고 있는 걸까. 늘 유행에 뒤처지는 나는 짝꿍의 휴대폰 화면을 힐끔거리다 이내 포기했다. 그 아이의 손가락이 너무도 쉽고 빠르게 다음, 그다음으로 넘기는 탓에 도무지 따라갈 수가 없었다.

환기를 위해 활짝 열어 둔 창문으로 눈발 섞인 바람이 들이쳤다.

"눈이다."

누군가의 한마디에 아이들은 창문 바로 옆자리인 내 주위로 우르르 몰려들었다. 저마다 손을 밖으로 뻗으면서 손바닥 위에 내려앉는 눈송이를 휴대폰으로 찍느라 열성이었다. 아이들의 등에 가려 정작 나는 창밖을 볼 수 없었다. 바람결에 나풀거리는 알림장 종이 모서리만 보였다. 방학 기간에 학교에서 진행되는 각종 프로그램에 대한 안내문이었다. 프로그램을 아무것도 신청하지 않은 나와는 무관한 이야기였다.

"눈 멎기 전에 얼른 끝내 줄 테니 자리에 앉아."

담임 선생님의 말에 어수선하던 분위기가 정리되었다. 선생님은 고등학교 선택이 대학 진학까지 영향을 미친다며 신중하게 고민하라고 거듭 강조했다. 늘 하던 이야기였지만, 몇 번이고 반복해 설명해도 부족하다는 듯한 어조였다.

이제야 좀 중학생답다는 생각이 드는 참인데, 며칠 후면 해가 바뀌어 고등학교 진학이 코앞이었다. 중학교 삼 년이 이렇게 짧을 줄 몰랐던 나는, 게으르게도 이번 학기에 들어서야 진학을 진지하게 고민하기 시작했다. 2학년에 올라와 친해진 윤아를 보며 자극을 받은 탓이다. 나에게 시간이 조금만 더 있었으면 했다. 다시 1학년으로 돌아갈 수 있다면 후회 없는 시간을 보낼 수 있을 것 같았다. 아니, 어쩌면 시간이 더 주어져도 결과는 달라지지 않을지도 모르겠지만⋯⋯. 그렇게 남들과 나를 구분해 줄 만한 특별한 경험, 이를테면 일탈이나 연애는 물론이고 사소한 성취의 경험조차 해 보지 못한 채 겨울 방학을 코앞에 둔 심정이란 그야말로 암담했다. 중학생으로 보낸 이 년이란 시간은 너무 밀도 없이 흘러가서 나에게는 마치 한 학기처럼 느껴졌다.

그동안 다 같이 똑같은 수업을 듣고 비슷하게 적당히 지루해하며 하루를 보내는 줄 알았다. 하지만 다른 아이들은 이미 미래에 대해 어느 정도 윤곽을 그린 것처럼 보였다. 타인에게는 보이지 않는 각자의 귀퉁이에서 치열하게 고민하고 있었던 걸까. 이 반에 있는 스물네 명의 아이들을 한 줄로 세운다면 나는 맨 뒤에 설 것 같았다. 성적은 평범했지만, 종합적인 기준에서 보자면 말이다.

관대하게 보자면 내 성적이 중상위권이어서 딱히 바로잡아야 할 것이 없어 보였기 때문인지, 주변 어른들은 내가 잘 해내고 있다고 믿어 의심치 않았다. 진로든 고등학교 결정이든, 뭐든 순조롭게 나아가고 있다고. 그래서 나에게 '그거 했어?' 같은 질문은 해도 '뭘 하고 싶어?' 같은 질문은 하지 않았다. 가족들도 각자의 일로 바빠서 나를 신경 써 줄 여력은 없어 보였다. 그런 질문을 누군가 해 주기만을 마냥 기다린 나 역시 너무 느긋했던 게 아닐까 싶다. 지금껏 안일하게 손 놓고 있었으니.

하지만 지난가을에 사고를 겪은 이후, 나는 도무지 한 가지 생각을 길게 할 수 없었다. 거의 지층을 이루다시피 쌓인 생각의 겹을 어디서부터 벗겨 내야 할지조차 가늠되지 않았다. 그 상태가 된 후로 진로 고민은 물론 공부에도 집중할 수 없었다. 실제로 성적도 1학기에 비해 떨어졌다. 이게 후유증이라는 건가. 어영부영 학교에 다니는 나를 두고 담임 선생님도 딱히 혼내지는 않았다. 그저 몸과 마음을 잘 추스르라는 말만 건넬 뿐이었다.

종례가 끝난 후, 나는 윤아에게 사정해 함께 1반으로 올라갔다. 다른 2학년 학급은 모두 2층에 있었지만, 1반은 유일하게 3층에 있어 마치 외딴섬 같았다. 1반 문은 아직 굳게 닫혀 있었다. 나와 윤아는 뒷문 앞에 서서 친구를 기다리는 척했다. 기다랗게 난 직사각형 유리창 너머로 교실 안을 엿봤다. 아이들로 꽉 찬 교실에서 창가 맨 뒤에 홀로 비어 있는 자리가 눈에 띄었다. 오랫동안 주인이 부재했는지 책상이 유독 깨끗했다. 마치 그 공간만 흑백으로 보이는 듯했다.

1반 담임 선생님은 2학년 국어 과목을 담당했다. 내가 가장 좋아하는 선생님이었다. 시험 감독을 볼 때면 발소리도 내지 않으려 조심했고, 학칙을 어긴 아이들에게 가벼운 주의를 줄 때도 무안하지 않도록 꼭 따로 교무실로 불렀다. 그런 사소한 배려를 놓치지 않는 사려 깊은 선생님이었다. 무엇보다 처음으로 나에게 글에 재능이 있다고 말해 준 분이기도 했다. 그런데 하필 오늘 같은 날 종례를 길게 하다니! 선생님 눈에는 벌써 한쪽 발을 책상 밖으로 빼놓은 아이들이 보이지 않는 걸까. 나는 교탁에 서 있는 선생님을 향해 입술을 삐죽였다.

그때 1반 아이들이 일제히 자리에서 일어나더니 교실이 순식간에 어수선해졌다. 드디어 기나긴 종례가 끝난 것이다. 맨 뒷자리에 앉아 있던 남자아이가 가장 먼저 뒷문을 열었다. 남자애는 문에 바짝 붙어 있던 나와 윤아 때문에 놀란 듯 어깨를 살짝 들썩였다. 나는 주춤하며 윤아의 옷깃을 잡고 뒤로 물러섰다. 그 짧은 와중에도 남자아이의 얼굴을 유심히 쳐다봤다. 내가 찾는 그 아이는 교실에 없을 것이 분명한데도.

교실을 빠져나가는 아이들로 정신없는 틈을 타서 윤아가 망설임 없이 교실로 들어갔다. 나는 여전히 뒷문에 서서 윤아의 당찬 뒷모습을 바라보기만 했다.

윤아가 반 중앙에 모여 있던 여자아이들 중 아무나 붙잡고 물었다.

"이 반에 장기 결석생 있지 않아?"

저돌적이고 뜬금없는 질문이었다.

"아, 이가호?"

"뭐, 가오?"

윤아가 위아래 입술을 비틀며 뜨악한 표정을 지었다. 그 모습을 지켜보다가 나도 모르게 웃음이 비어져 나왔다.

"아니, 가호야. 이가호."

여자아이가 재밌다는 얼굴로 '호' 자에 힘을 주어 말했다.

"아, 가호? 오케이, 접수. 고마워."

윤아가 미련 없이 휙 뒤돌아 교실을 나왔다. 여자아이는 잠시 윤아의 뒷모습을 눈으로 좇다가 이내 주변 친구들과 수다를 재개했다. 다행히 크게 신경 쓰는 기색은 아니었다.

"너도 이름 들었지?"

내가 작게 고개를 끄덕였다. 이렇게 쉽게 알아내다니. 그동안 SNS를 다 뒤져도 찾지 못했는데.

"이제 가자."

그러곤 윤아가 내 손을 잡고 이끌었다.

"잠시만."

1반 복도 앞에 줄지어진 사물함을 훑으며 '이가호'라

는 이름을 찾았다. 이가호의 사물함은 가장 아래 줄에 있었다. 다행히 잠금장치는 달려 있지 않았다. 쭈그려 앉아 도둑고양이처럼 이가호의 사물함 문을 열었다. 윤아는 "또 무슨 호기심이 부푼 거야"라고 말하면서도 고개를 숙여 사물함 안을 힐끔거렸다. 내가 편지나 초콜릿이라도 넣을 거라고 기대하는 눈치였다.

이가호의 사물함은 짐작한 대로 텅 비어 있었다. 아마 한 번도 채워진 적이 없었을 것이다. 과연 내년에는 이 사물함의 주인이 등교할까. 언젠가부터 진학 고민만큼이나 외딴 1반의 장기 결석생에게 신경이 쓰였다. 지난 기말고사 때는 공부에 집중이 안 될 정도였다. 정말 중요한 일이 눈앞에 있으면, 이상하게도 당장 중요하지 않은 일이나 나와 아주 멀어 보이는 일에 시선을 빼앗기곤 한다. 시험 기간에 방을 청소하거나 연예계 뉴스를 보는 일이 공부보다 더 시급하게 느껴지는 것과 비슷한 이유이지 않을까.

나는 사물함을 닫고 일어났다. 쭈그려 앉는 바람에 말아 올라간 동복 셔츠를 꾹 눌러 내렸다. 최근 키가 훅 커지면서 셔츠가 작아진 탓이었다. 앉았다가 일어설 때마다 불편했지만, 곧 3학년이 되는데 새로 교복을 사기에는 늦은 감이 있었다. 지금은 가족 중 누구도 나의 갑작스러운 성장이나 작아진 셔츠에 신경 쓰지 않는다. 이제 내가 언니보다 키가 크다는 사실도, 아무도 모를 것이다.

윤아가 살짝 실망한 얼굴을 하고 검지와 중지로 안경을 고쳐 썼다.

"그런데 너는 얘 이름 알아내는 게 뭐가 어렵다고 나까지 데리고 온 거야?"

"알잖아, 나 망설임의 대명사인 거."

"나 아니었으면 망설이기만 하다가 졸업했겠어요."

"고맙다, 고마워."

나는 윤아의 어깨를 톡톡 쳤다. 윤아는 툴툴거리면서도 내 부탁을 곧잘 들어주었고, 자신의 친절을 내색하고 싶지 않아서인지 미운 소리를 한 번씩 덧붙이곤 했다. 나는 그런 윤아만의 표현법이 좋았다.

👐 👐 👐

이번 연도 마지막 하굣길이었다. 그사이 눈발은 더 거세졌고, 윤아와 나는 머리카락에 묻은 눈송이를 털기 위해 다섯 걸음에 한 번꼴로 머리를 좌우로 흔들어야 했다.

윤아는 학교 바로 앞 아파트에 살았다. 우리는 항상 윤아의 아파트로 들어가는 입구에서 헤어지곤 했다.

"방학 동안은 자주 못 보겠네."

헤어짐의 장소에 도착했을 때 내가 말했다.

윤아도 나처럼 방학 프로그램을 신청하지 않았다. 고등학교 예습을 위한 학원 특강만으로도 일정이 빠듯하다고 했다.

"그래도 불크샌 먹고 싶을 땐 언제든 연락하는 거다?"

윤아가 빙글 돌아 나를 마주 봤다.

"좋아."

'불크샌'은 '불닭 크림치즈 샌드위치'의 줄임말이다. 동네에 새로 생긴 브런치 카페에서 파는 메뉴로, 요즘 윤아와 나의 최애 음식이다. 크림치즈에 불닭 소스를 섞어 매콤하면서도 고소한 맛이라 한 번 중독되면 헤어 나오기 어렵다. 카페가 막 개업했을 때는 학교 아이들 사이에서 잠깐 인기를 끌었지만, 금세 사그라들었다. 휙휙 넘어가는 릴스처럼 음식 유행도 너무 빨리 바뀌었다. 하지만 뭐든 느린 나에게는 불크샌의 유행이 아직 유효했고, 메뉴가 단종되거나 카페가 사라지지 않길 바라는 마음으로 종종 사 먹곤 했다.

"아, 나 곧 카메라 생길 수도 있어. 그러면 우리 영상 찍어 보자. 찍는 사람만 있고, 찍히는 사람이 없으면 안 되잖아."

윤아가 쾌활하게 말했다.

"너랑 내가? 무슨 영상? 다큐멘터리?"

나는 어리둥절한 표정을 지었다. 찍는 사람은 당연히 윤아일 테고, 찍히는 사람은 나라는 건가?

"당연히 다큐멘터리지! 어쨌든 나는 너를 영상의 주인 공으로 낙점했으니, 그리 알아."

그 말에 뜨뜻미지근하게 고개만 끄덕였다. 윤아는 큰 의미를 두지 않은 것 같지만, 나는 주인공이라는 말이 어색하기만 했다. 그래서 윤아의 말이 현실이 되리라고는 상상도 하지 못했다.

윤아는 집에 들어가면 곧장 영화 평점 앱에 '보고 싶어요'로 저장해 둔 다큐멘터리들을 차례로 볼 예정이라고 했다. 특강이 시작되기 전 누릴 수 있는 짧은 여유라면서. 그러곤 나에게 이브와 크리스마스를 어떻게 보낼 거냐고 물었다. 나는 오랜만에 글을 쓸 거라고 말하려다가 말았다. 결국 쓰지 못할 걸 알고 있기 때문이다. 어떤 종류의 글을 쓰는지, 왜 쓰게 되었는지, 이어서 날아올 질문에 명료하게 대답할 자신도 없었다.

"우선 나도 넷플릭스나 들어가 볼까."

"그러면 내가 추천 목록 보내 줄게. 우리 각자 별점 매기고 공유하자."

"그래, 고마워."

윤아는 마치 내일도 함께 등교할 것처럼 쿨하게 손 인사를 하고 먼저 돌아섰다. "메리 크리스마스!" 하고 크게 외치면서.

윤아가 시야에서 완전히 사라진 후, 나는 망설임 없이 마카롱 가게로 향했다. 그 아이의 이름을 알고 나니 이상하게도 발걸음이 한결 가벼웠다. 나는 늦가을부터 그곳을 자주 찾게 되었다. 마치 소중한 무언가를 맡겨 두기라도 한 듯이. 원래 단것을 좋아하는 편은 아니었는데, 어느 순간 마카롱 맛에 익숙해지더니 이제는 중독이라도 된 것처럼 자꾸 그 알록달록한 색과 독특한 식감이 생각났다.

'니농마카롱'을 알게 된 건 엄마의 심부름 덕분이었다. 수술 후 한동안 입맛을 잃었던 엄마가 갑자기 마카롱을 애타게 찾았다. 지도 앱에 '마카롱'을 검색하니, 엄마의 뜨개 가게 바로 앞에 마카롱 모양의 주황색 아이콘이 떠올랐다. 처음 보는 가게였다. 사고 이후 엄마의 가게는 잠정적으로 문을 닫은 상태였고, 그 골목에 갈 일이 없다 보니 바로 앞에 마카롱 가게가 생긴 줄도 모르고 있었다. 원래도 가게가 자주 바뀌는 자리였다. 마지막으로 베이글 가게가 사라진 뒤, 거의 반년 동안 '임대 문의' 현수막이 걸려 있다가 올여름에 공사를 시작했던 걸로 기억한다.

니농마카롱은 테이크아웃만 가능한 곳으로, 음료를 제조하는 주방과 골목 쪽으로 난 매대가 전부인 다섯 평 남짓의 작은 가게였다. 옛날에 유행했던 뚱뚱한 마카롱이나 캐릭터 마카롱이 아니라, 얇은 필링의 정석적인 수제 마카롱만 팔았다. 처음에 나는 반신반의하며 마카롱 한 세트를 샀다. 일곱 가지 맛의 마카롱이 한 줄로 담겨 있었다. 사장님은 가게 외벽과 같은 민트색 종이 상자에 검은색 리본을 달아 정성스럽게 포장해 주었다. 의외로 엄마는 그 가게의 마카롱을 무척 좋아했다.

니농마카롱에 두 번째로 갔을 때, 사장님은 내 교복을 보자마자 무척 반가워했다. 자기 아들도 나와 같은 학교에 다닌다면서. 이야기를 나누다 보니 사장님 아들과 내가 동갑이라는 것, 그리고 올여름 이 도시로 이사 와 전

학했다는 사실까지 알게 되었다. 사장님은 아예 주방 안쪽에 있던 아들을 불러내 나와 대면하게 했다. 그 아이는 영 내키지 않는다는 얼굴을 하고 매대로 나왔다. 이목구비의 선이 얇아 수수하고 단정한 인상이었다. 피부는 창백해 보일 정도로 하얬는데, 원래 하얀 피부라기보다는 오랫동안 집 밖에 나가지 않아 햇빛에 면역이 없는 듯 느껴졌다. 그런 외양 때문인지 낯선 소년이 신비롭게 보였다. 그 애는 말 한마디도 하지 않은 채 짜증이 가득한 눈빛을 사장님에게 쏘곤 다시 주방 안으로 들어갔다. 그 뒤로 사장님은 나에게 아들 이야기를 꺼내지 않았다. 대신 내가 가게에 올 때마다 아들을 억지로 매대 앞에 세워 주문을 받게 했다. 동갑에다가 같은 학교에 다니니 둘이 친해지길 바란다면서. 하지만 그 기대와 달리 소년과 내가 주고받는 것은 주문과 카드뿐, 대화를 나누는 일은 없었다.

사장님은 그 아이를 항상 '아들'이라고 불렀다. 그래서 그동안 그 애 이름을 알 수 없었다. 직접 나서서 물어보기에는 부끄러웠다. 대신 혼자 속으로 '마카롱 소년'이라는 장난스러운 별명을 붙여 주었다. 그런데 오늘, 윤아덕에 그 아이의 이름을 알게 된 것이다.

그렇게 니농마카롱을 드나들다 보니 어느 순간 한 가지 이상한 점이 눈에 들어왔다. 한 학년에 학생 수가 그리 많지 않기에 학교에서 오가며 마주쳤을 법도 한데, 그 아이의 얼굴이 낯설다는 것이다. 불현듯 한 남자아이에 관한 소문이 떠올랐다.

2학기 개학 날에 1반으로 전학 온 남자아이가 있었다. 선생님께 따로 부탁한 건지, 교실 앞에 서서 자기소개를 하지도 않았고 없는 사람처럼 책상에 가만히 앉아 있기만 했다고 한다. 처음 보는 얼굴에 몇몇 아이들이 호기심을 표하기도 했지만, 학교를 너무 자주 빠지는 바람에 궁금증은 금세 시들해졌다. 대신 진위를 알 수 없는 소문만 무성해졌다.

불량 학생이라 진학을 아예 포기하고 결석하는 것이라는 둥 이미 몇 년을 꿇어 성인에 가까운 나이인데 중학교에 다니는 게 쪽팔려 학교를 빠진다는 둥, 그런 신빙성 없는 뜬소문들이었다. 물론 얼마 지나지 않아 1반 담임 선생님이 "그 아이는 이층 침대에서 내려오다가 허리를 다쳐 와상 상태라 잠시 쉬는 중"이라고 설명하면서 전학생에 관한 소문은 종결됐다.

마카롱 소년과 소문의 아이가 겹쳐 보였다. 소문의 아

이는 몸이 거의 회복되어 엄마 가게를 돕고 있었던 것이다. 그 진실을 나만 알고 있다는 사실에 왠지 모르게 마음이 들떴다. 나는 다른 사람들이 모르는 이야기를 먼저 아는 걸 좋아했다. 물론 예습은 별개의 문제였지만. 어렸을 때부터 나는 부모님의 동화책이 출간되기 전에 가장 먼저 읽을 수 있었다. 아직 누구에게도 읽히지 않은 이야기를 오롯이 누린다는 건 엄청난 특권이었다. 소복이 쌓인 눈 위에 첫 번째 발자국을 남기는 기분이었다. 나에게 그 아이는 아직 펼쳐지지 않은 책 같았다. 누구보다 먼저 읽고 싶은, 그런 책.

윤아에게 톡으로 조심스럽게 마카롱 소년에 대해 말을 꺼낸 적이 있었다. 늦은 밤이었고 기말시험을 앞두고 있던 때였다. 공부에 도저히 집중이 되지 않아 누구에게라도 털어놔야 그 생각을 조금이나마 덜 수 있을 것 같았다. 나는 그 아이가 궁금했다. 하지만 궁금해해도 되는 건지 확신이 서지 않았다. 소년에 대해 아는 것은 하나도 없었고, 그때는 이름조차 알지 못했으니까.

—마카롱 소년? 엄청나게 미소년일 것 같은 별명이네.

—그러면 가게 일 도울 정도로 몸이 괜찮은 거잖아?

—딱 보니 알겠네. 진단서랑 체험 학습으로 학교 계속 빠지는 거네.

—장기 결석이라니 간도 크다. 출결 관리를 그렇게 안 하는 걸 보니 특목고나 자사고 생각은 아예 없나 봐.

—출결 관리 습관 안 되면 고등학교에서 더 힘들 텐데.

연이어 오는 윤아의 메시지에 뭐라 답해야 할지 몰라 손가락이 휴대폰 화면 위에서 길을 잃었다. 메시지를 보고 있자니 얄미운 손동작으로 안경테 가운데를 밀어 올리는 윤아가 눈앞에 아른거리는 것 같았다. 나는 마카롱 소년에 대해 더는 말을 할 수가 없었다.

가게 앞에 도착하자 이상하게 약간 숨이 찼다. 뛰지도 않았는데 말이다. 니농마카롱은 빌라 단지 안쪽의 한적한 골목에 자리 잡고 있다. 통통 튀는 민트색 외벽 덕에 회색 빌라 건물들 사이에서도 눈에 띄었다. 반면 늘 불이 꺼져 있는 엄마의 가게는 이제 자세히 들여다보지 않으면 존재조차 알아차리기 힘들 만큼 희미해 보였다.

"안녕하세요."

내가 매대 앞에 서 있는 사장님께 꾸벅 인사했다. 사장님은 언제나처럼 방긋 웃으며 나를 반겨 줬다.

"미도 왔구나?"

오늘도 그 아이…… 아니, 가호는 언제나처럼 안쪽 주방에 숨은 듯 앉아 있었다. 그런데 사장님이 부르지도 않았는데 나를 보자마자 일어나 매대 앞으로 나왔다. 파블로프의 개 같다는 생각에 픽 웃음이 났다.

가호는 아무것도 프린트되지 않은 새하얀 셔츠를 입고 있었다. 문득 가호가 교복을 입은 모습이 궁금해졌다. 옅은 푸른색의 하복 와이셔츠나 고동색 동복 재킷을 입은 가호를 상상하는 순간 갑자기 얼굴이 홧홧 달아올랐다. 내년 3월쯤엔 가호가 교복 입은 모습을 볼 수 있을까. 어쩌면 가호는 또 다른 이유로 방학이 끝나도 학교에 나오지 않을지도 모른다. 그렇다면 출석 일수가 모자라 중학교 졸업도 어려울 텐데.

나의 집요한 시선을 의식했는지 가호는 고개를 비스듬히 돌려 버렸다.

"빨간 마카롱 하나 주라."

나는 목도리에 턱을 묻곤 매대 가장 오른쪽에 있는 마카롱을 가리켰다. 매대에는 마카롱이 무지개색 순서로 진열되어 있었다.

"딸기 마카롱이야."

가호가 무신경한 얼굴로 내 말을 바로잡아 주며 마카롱 포장을 마무리했다. 그러곤 팔을 길게 뻗어 나에게 마카롱을 내밀었다. 가호의 손등에는 상처가 많았다. 데인 듯 피부가 선분홍색으로 무른 상처도 있었고, 날카로운 것에 베인 상처도 여러 개였다. 나도 모르게 가호의 손을 뚫어져라 봤다. 그때 가호가 왜 받지 않느냐고 따지듯이 손을 위아래로 흔들었다. 나는 마카롱을 덥석 잡아 거의 빼앗듯이 가져왔다. 마치 무척 배고픈 사람처럼. 사실 배는 하나도 고프지 않았다. 가호에 대한 정보가 고팠을 뿐이었다.

가호는 눈을 내리깔고 내 주위를 살폈다. 윤희를 찾는 거였다. 윤희가 없다는 걸 확인하자, 가호가 실망한 표정을 짓더니 곧 시선을 거두며 나와 잠깐 스치듯 눈을 맞췄다.

"오늘……."

가호의 관심을 끌고 싶어서 나는 처음으로 마카롱 주문이 아닌 다른 말을 꺼냈다. 괜히 긴장된 탓에 말을 더듬었다.

"오, 오늘 종업식이었어. 2월까지 쭉 방학…… 이야."

"알아."

냉랭하게 느껴지는 가호의 짧은 답에 무안했다.

"너 앞머리 다 젖었어."

"아…… 응."

민망해서 앞머리를 정리하는 척 매만졌다. 방학이 끝나면 학교에 나오는 거냐고 묻고 싶었지만, 내가 잠시 망설이는 사이 가호는 다시 주방 안으로 쏙 들어가 버렸다. 가호에게 얄미운 구석이 있다는 것을 새삼 알게 되었다. 그러나 딱히 유용한 정보는 아닌 것 같았다.

나는 가호가 사라진 곳을 향해 아주 작게 "메리 크리스마스"라고 읊조렸다. 과연 이번 방학 동안 가호에 대해 더 알아 갈 수 있을까, 그런 생각을 하며 마카롱을 깨물었다. 바삭한 코크가 부서지며 촉촉한 필링이 입안 가득 부드럽게 퍼졌다.

언니가
돌아왔다

겨울의 아침은 늦게 온다. 날카롭고 집요한 겨울 볕이 커튼을 뚫고 들이쳐 작은 방을 훑었다. 그 눈부심이 늦잠을 방해했다. 햇빛에 지지 않으려고 안간힘을 쓰며 새우 자세를 하고 얼굴까지 이불을 뒤집어썼다. 갑갑함을 꾹 참고 다시 잠에 빠져들기를 기다렸다. 꿈을 이어 꾸기 위해서였다.

가호가 꿈에 나온 건 처음이었다. 나는 나란히 걷는 가호와 윤희의 뒷모습을 내내 바라봤다. 가호는 오직 윤희에게만 관심이 있는 걸까. 꿈속에서조차 나는 조바심을 느꼈다.

"미도!"

내 이름을 부르는 벼락같은 목소리에 눈이 번쩍 떠졌다. 이맛살이 절로 찌푸려졌다. 볕이 좋았지만 얇은 이불

탓에 몸은 서늘하기만 했다. 겨울이 다 지나기 전에 두꺼운 이불로 꼭 바꿔야겠다고 생각하며, 방금 그 목소리가 들린 게 꿈인지 현실인지 가늠해 보았다.

"미도, 일어났어?"

멀리 1층에서 다시 신경질적인 목소리가 들렸다.

"언니? 언니야?"

나는 이불에서 벗어나지 못한 채 건성으로 대답했다. 다시 잠에 젖어 들려는 순간 언니가 내 방으로 거침없이 들어왔다. 방학 첫날이자 크리스마스인 만큼 달콤한 늦잠을 누리려는데, 하필 오늘 언니가 돌아오다니. 대학생인 미주 언니는 학기 중에는 학교 근처 자취방에서 지냈고, 방학이 되면 집으로 돌아왔다. 원래 언니는 나보다 이삼 주 먼저 방학을 맞았다. 그래서 학기를 마치고 본가에 돌아오면 아직 기말고사 준비가 한창인 나를 놀리기 바빴다. 근데 이번에는 서울 자취방에 남아 학원에 다니며 취업 포트폴리오 특강을 듣는다더니, 이제야 집에 돌아온 모양이다.

우리 집 막내, 윤희가 언니를 따라 들어왔다. 윤희는 대형 믹스견으로, 전체적으로 하얀 털에 눈과 귀 주변만 갈색 얼룩이 있어 마치 가면을 쓴 것 같고 절반쯤 접힌

귀는 뒤집힌 하트 모양이라 사랑스러웠다. 윤희는 아홉 살이었다. 사람 나이로 치면 삶의 노을이 지는 시기라고 하지만, 윤희는 여전히 우리 가족의 귀여운 막내였다.

나는 조그만 윤희가 엄마 품에 안겨 처음 집에 왔던 날을 잊지 못한다. 내 눈에 윤희는 언제까지고 내 뒤를 졸졸 쫓아다니던, 두루마리 휴지만큼 작은 강아지로 보일 것이다.

"아직도 여름 이불을 덮고 자는 거야? 커튼도 너무 얇잖아, 춥지도 않아? 옷장이랑 창고 정리도 안 했겠네. 뻔하지, 뭐."

언니가 내가 덮고 있던 이불을 뺏듯이 확 거뒀다. 순간 온몸에 한기가 돌면서 그제야 잠이 깨는 것 같았다.

"이번 주에 하려고 했어. 나 어제 막 방학했단 말이야."

"혜지 씨가 없다고 하지만, 너도 아빠도 너무하네."

언니는 내 말을 가볍게 무시하고 미리 준비한 듯한 잔소리를 톡 쐈다. 그러곤 두 팔에 이불을 돌돌 감은 채 방에 들어왔을 때와 똑같이 확 나갔다.

혜지 씨, 오랜만에 듣는 말이었다.

내가 태어난 지 여섯 달쯤 되었을 때 부모님이 이혼하면서, 언니와 나는 아빠와 함께 살게 되었다. 내가 세

살이 되던 해에 아빠는 재혼했다. 어렸던 나는 큰 어려움 없이 '혜지 씨'를 엄마로 받아들였다. 엄마가 처음 우리 집에 왔던 날은 기억나지 않는다. 나의 기억은 일곱 살 무렵부터 시작되니까. 언니와 바닷가에서 놀다가 넘어져 이마에 멍이 들었던 장면이 최초의 기억이다. 사실 이마저도 정말 내 기억인지, 집 청소를 하다가 우연히 발견한 폴라로이드 사진을 보고 떠올린 장면인지는 확신할 수 없었다.

나와 달리 언니는 엄마를 줄곧 '아줌마'라고 불렀고, 대학생이 되고 나서는 '혜지 씨'라고 부르기 시작했다. 언니는 나이가 들어도 '엄마'나 '작가' 같은 호칭 말고 이름으로 불러주는 사람이 있어야 한다고 말했지만, 내가 보기에 언니는 '엄마'라는 호칭 자체를 어색해하는 것 같았다. 혜지 씨가 우리의 가족이 되었을 때, 언니는 열한 살이었다. 열한 살이면 아직 어리지만, 낳은 엄마를 뚜렷하게 기억할 나이다. 부모님의 이혼과 재혼 과정 역시 제 눈으로 다 지켜보았을 것이다. 그러니 선뜻 엄마라고 부르기 어려웠을 거라고, 나는 언니의 마음을 짐작했다. 언젠가 언니는 나에게 "너는 속없이 엄마, 엄마, 하고 잘도 부른다"라면서 쏘아붙이기도 했다.

천하의 원수라도 긴 시간을 함께 보내면 사랑까진 아니어도 정이나 애증 비슷한 감정은 생긴다는데, 언니와 엄마는 그러지 못했다. 가족으로서 함께한 시간이 무색할 만큼 둘 사이는 어색했다. 마치 보이지 않는 철벽이 있는 듯했다. 그렇다고 증오가 오간 건 결코 아니었다. 작은 부정적인 감정조차 쉽게 드러내지 못할 정도로 언니와 엄마는 서로를 조심스러워했다. 그저 친해지지 못했을 뿐이다.

"윤희야."

윤희는 나의 부름을 못 들은 듯 꼬리를 팔랑이며 종종걸음으로 언니를 따라 나갔다. 오랜만에 언니를 봐서 반가운 모양이었다. 엉덩이를 씰룩거리는 뒷모습을 보는데, 내가 꿈속에서 윤희를 질투했다는 사실이 문득 민망해졌다.

나는 기지개를 켜며 일어나 언니 뒤를 따라 계단을 내려갔다.

"언제 온 거야?"

"방금 왔어."

1층 거실에는 언니의 커다란 회색 캐리어가 활짝 열려 있었다. 언니는 자취방에서 가져온 옷과 수건을 세탁

할 겸 집에 있던 다른 빨랫감까지 모으고 있었다. "세탁기 세 번은 돌려야겠네" 하고 언니가 부산스럽게 부엌에 딸린 세탁실과 거실을 오가며 혼잣말을 했다.

언니는 요즘 부쩍 엄마 노릇을 하려고 했다. 집에 오지도 않으면서 사고 이후로 나에게 툭하면 연락해 잔소리를 쏟아 냈다. 병원에 있는 '혜지 씨'의 빈자리를 의식해서 그런 것 같았다. 하지만 내 눈에 언니는, 방금 막 어른이라는 영역에 불시착한 사람처럼 어리숙해 보이기만 했다.

"아침 먹어야지? 아니지, 벌써 시간이 열한 시니 점심이구나."

"추위에 떨면서 잤더니 배고파."

"그러니까……."

"알겠어, 오늘 바로 겨울 이불 꺼내면 되잖아. 나 세수 먼저 한다."

언니의 잔소리를 가까스로 끊고 서둘러 화장실로 들어갔다. 따뜻한 물로 세수를 하니 머리가 맑게 갰다.

언니가 구워 준 토스트에 살구잼과 버터를 발라 먹었다. 창밖을 보니 크리스마스의 날씨는 쾌청하기 이를 데 없었다. 부지런한 윤희는 일찌감치 점심을 먹고 얌전히 내 발밑에 앉아 있었다. 윤희의 부드러운 털이 종아리에 스칠 때마다 간지러웠다. 그걸 아는지 모르는지 윤희는 꼬물꼬물 움직이며 자꾸 자세를 바꿨다.

"오늘부터 방학이라고 했지?"

식탁 위에 노트북을 펼쳐 놓고 자판을 두들기던 언니가 나에게는 눈길도 주지 않고 물었다. 느려진 타이핑 속도에 왠지 모를 망설임이 느껴졌다. 언니는 아동 미술 학원 아르바이트에 지원하기 위해 자기소개서를 쓰고 있었다.

언니는 동양화를 전공했다. 텍스타일 디자인을 복수 전공하기도 했다는 사실은 한 달 전 졸업 전시를 보고서 야 알게 됐다. 가족에게 자신의 이야기를 잘 안 하는 언 니답게, 전시를 보기 전까지 그 사실을 아는 사람은 아 무도 없었다. 전시장 한편은 언니의 태피스트리 작품으로 화려하게 채워져 있었다. 언니는 태피스트리가 위빙의 한 기법으로, 다채로운 색실을 이용해 그림이나 무늬를 짜 넣은 직물 예술이라고 설명했다. 엄마의 뜨개 가게를 학교 다음으로 자주 드나들었기에 나도 그 정도는 알았다. 하지만 태피스트리 작품을 실제로 본 건 그때가 처음이었다. 엄마와 언니는 '실'이라는 같은 재료를 사용해 아주 다른 작업을 했으니까. 실용적인 엄마의 작업물에 비해 언니의 것은 심오하고 예술적이었다. 가느다란 실로 이렇게 섬세한 그림을 그릴 수 있다는 사실이 놀라웠다. 하지만 엄마의 작품이 조금 더 내 취향이었다. 물론 자매의 우애를 위해 이 말은 속으로 삼켰다.

"응. 어제가 방학식이었어. 종업식도 같이 해서 쭉 쉬어."

"그러면 언제까지야?"

"2월 마지막 주까지."

"와, 방학 기네."

언니는 여전히 노트북 화면에 시선을 고정한 채 눈을 크게 뜨며 놀라워했다. 두 달이 조금 넘는 방학이라니, 이렇게 긴 방학은 나도 처음이었다.

"대신 여름 방학이 짧을 거래."

"그래?"

언니는 건성으로 응하며 백스페이스를 연타했다. 글이 잘 풀리지 않는 눈치였다.

"그러면 이번 방학에 고등학교 수학 예습을 많이 해놔야겠네. 내년에 닥쳐서 하려면 절대 다 못 해. 너 고등학교 어디 갈지 생각은 해 봤어? 일반고도 지망 순서 요령껏 잘 써야 하는 거 알지?"

언니는 창작의 고통에 대한 화풀이를 나한테 쏟아 냈다. 나는 먹던 토스트를 슬그머니 내려놓았다. 이상하게 식빵 테두리는 잼을 듬뿍 발라도 먹기 싫었다. 언니의 잔소리도 식빵 테두리만큼이나 듣기 싫었다.

"언니, 주말에 나랑 같이 엄마 보러 가자."

나는 괜히 화제를 돌렸다. 그날 사고에서 나는 전혀 다치지 않았지만, 엄마는 오른팔과 갈비뼈가 부러져 큰 수술을 받아야 했다. 의사는 봄이 오기 전에는 퇴원할 수 있을 거라고 말했다.

"바빠. 자격증 공부해야 해."

"거짓말, 태호 오빠 만나러 가는 거잖아."

내가 언니의 말허리를 싹둑 잘랐다. 태호 오빠는 언니의 남자 친구로, 둘은 대학에서 만나 무려 사 년째 사귀고 있다.

"만나서 같이 공부하는 거야. 그리고 나는 혜지 씨한테 따로 연락하고 있어."

"왜 직접 보러 가지 않고?"

내가 불퉁하게 물었다. 언니가 엄마와 연락하고 있다는 건 거짓말 같았다. 작년부터 언니는 무슨 이유에서인지 엄마와 데면데면했다. 원래도 살갑게 지내는 사이는 아니었지만. 그러니 언니는 엄마가 요즘 입맛이 통 없다는 걸 모를 것이다. 밥은 남기기 일쑤지만 마카롱만큼은 없어서 못 먹을 정도로 단것에 푹 빠져 있다는 것도. 그 생각을 하면 나는 종종 속상해졌다.

"나는 이제 취준생이잖아."

언니가 노트북을 탁, 소리 나게 덮으며 말했다. '취업'이라는 말에 나는 할 말을 잃었다. 언니에게 '취업'은 만능 지팡이 같은 말이었다. 요즘 언니는 하기 싫거나 곤란한 일이 생기면 매번 취업 준비를 한다는 핑계로 교묘히 빠져나갔다. 대학 입시 때도 마찬가지였다. 입시 스트레스를 핑계 삼아 가족에게 온갖 히스테리를 부렸고, 그때마다 엄마와 아빠는 언니의 눈치를 보며 비위를 맞춰 주었다. 언니는 기숙사형 예술고등학교에 다녔었다. 주말에 언니를 데리러 가는 차 안에서, 아빠와 엄마는 내가 잠든 줄 알고 이런 대화를 나누곤 했다. 아빠는 미주에게는 마음속에 응어리가 있어서 예민할 수밖에 없다며 언니를 대변했고, 엄마는 우리가 미주를 더 배려해야 한다며 거들었다. 언니가 그렇게 꽁꽁 싸매고 있는 응어리가 정확히 무엇인지는 나로서는 알 길이 없었다.

언니는 가족 중에서 가장 많은 걸 기억했기에 상처도

가장 많은 사람으로 여겨졌다. 상처받은 사람의 특권을 누리듯 늘 짜증을 내면서도 자기가 가장 슬픈 얼굴을 했다. 자신이 만든 소란으로 가족들이 입는 상처에 대해서는 모르는 척했다. 그저 "나한테 뭐라 하지 마!"라고 외치며 고개를 돌릴 뿐이었다.

나는 수험생이나 취준생이 되더라도 절대 언니처럼 가족을 구워삶지는 않으리라 다짐했다. 솔직히 말하면, 미술 엘리트 코스를 밟아 온 언니에 비해 나는 그다지 성적이 좋지 못했기에 공부로 유세를 부릴 처지도 아니었다. 대신 글만큼은 잘 쓴다고 생각했다. 시험지 맨 마지막 장에 나오는 서술형이나 논술형 문제에서, 답은 틀려도 예상 점수보다 한두 점 높게 받는 경우가 더러 있었다. 답이나 주장에 대한 설명을 정성껏 적은 덕분이었다. 국어 선생님에게는 글을 장황하게 쓰는 편이라 본질이 잘 보이지 않는다는 지적을 받기도 했지만, 나는 글을 읽고 쓰는 일이 즐거웠다. 그것이 아빠와 엄마에게 물려받은 재능이라고 생각했다. 언니는 엄마랑 피도 안 섞였으면서 웃기지 말라고 했지만.

언니가 돌아왔다

단출한 식사를 마친 후 나는 설거지를 했고 언니는 옷장을 정리하고 청소기를 돌렸다. 언니가 오니 멈췄던 집의 시간이 다시 흐르는 것 같았다.

우리 집은 이십 년도 더 된 2층 양옥집이다. 내가 초등학교에 입학할 무렵, 우리는 이 집으로 이사를 왔다. 언니는 당시 다니던 중학교와 가까운 아파트에 살고 싶어 했지만, 아빠는 완고했다. 이 집에서 오래 살 생각으로 내부 리모델링도 했다. 그만큼 아빠는 이 낡은 집을 무척 아꼈다. 특히 2층, 내 방 옆에 마련해 둔 엄마와 아빠의 작은 작업실을.

엄마와 아빠는 동화 작가로 활동했다. 아빠는 젊은 시절부터 다양한 직업을 거치며 글 쓰는 일을 계속해 왔다. 영화 평론, 방송 구성 작가, 번역가……. 직업의 변천을 거쳐 엄마를 만났고 이후 동화 작가가 되었다. 엄마는 아빠와 함께 글로 만든 세계를 각종 실로 표현해 삽화를 더하곤 했다. 부모님은 죽이 잘 맞는 팀이었다. 그러나 올해 봄, 아빠는 갑자기 서점에 취업했다. 동시에 내가 이해할 수 없는 어려운 역사 소설을 쓰기 시작했다. 엄마가 병원 신세를 지게 되자, 아빠는 더 이상 동화를 쓰지 않겠다고 결정했다.

"이제 너희도 다 컸으니, 동화보다는 소설을 쓰고 싶어."

동화는 언제 다시 쓸 거냐는 나의 질문에, 아빠는 길게 고민도 하지 않고 이렇게 답했다. 나는 서운함이 치미는 동시에 동료를 잃은 엄마가 걱정되었다. 아빠의 변심이 엄마와의 불화와 관련 있을지도 모른다고 어렴풋이 짐작할 뿐이었다. 언니가 엄마와 멀찍이 거리를 두기 시작했을 무렵, 아빠와 엄마의 냉전도 시작되었으니.

샤워를 마치고 나온 언니가 수건으로 긴 머리를 탈탈 털며 물었다.

"너 서점 갈 거야?"

"응. 크리스마스에도 문 연대."

언니가 말한 '서점'은 아빠가 일하는 대형 체인 서점을 의미했다. 나는 종종 그곳에 가서 새로 나온 소설과 동화를 살펴보곤 했다. 아빠의 서점은 반려견 출입이 가능한 대형 쇼핑센터 안에 있어서, 윤희와도 함께 갈 수 있었다.

"그러면 문제집 좀 사다 줘. 톡으로 목록 보내 놓을 테니까."

"싫어, 언니가 보는 자격증 문제집은 다 무겁잖아. 겸사겸사 윤희랑 산책도 가려 했는데, 그거 들고 어떻게 다녀. 아빠한테 말하면 퇴근하면서 사 오실 거야."

"아빠 이번 주 내내 본사 출근하신대. 그러니까 부탁 좀 할게, 급해서 그래. 사기 전에 아빠한테 말해서 직원 할인받는 거 알지? 오면서 케이크도 사고. 그래도 크리스마스잖아."

언니가 신용카드를 내밀었다. 나는 탐탁지 않은 얼굴로 언니의 손에서 카드를 빼앗다시피 가져왔다. 볼 캡을 푹 눌러쓰고 나갈 준비를 빠르게 마쳤다. 언니는 화장대에 앉아 깨지기 쉬운 유리를 다루듯 피부를 섬세하게 두들기며 기초 화장품을 발랐다. 공부는 무슨, 크리스마스 기념 데이트를 하려는 게 분명했다.

현관을 마주한 벽에는 나무 후크가 여러 개 달려 있었다. 나는 거기에서 리드 줄과 배변 봉투를 챙기고, 그 옆에 걸려 있던 겨울 산책용 옷도 윤희에게 입혔다. 엄마가 부쩍 살이 찐 윤희를 위해 만들어 준 옷이었다. 내가 두른 목도리와 장갑도 엄마가 뜨개질로 만들어 준 거였다. 그 외에도 티코스터 같은 엄마의 공예품들이 집

안 곳곳에서 훈훈한 기운을 내뿜고 있었다. 모순적이게도 그 온기는 오히려 엄마의 빈자리를 더욱 또렷이 보이게 했다.

지난주 병원에 갔을 때, 엄마의 오른손이 심하게 떨리고 있었다. 사고 후유증이었다. 머릿속에서 엄마가 물컵을 떨어뜨리던 장면이 반복 재생되었다. 엄마는 손으로 아름다운 것을 만드는 사람인데, 그 손을 다치다니……. 나는 안 좋은 생각을 떨쳐 내려 일부러 크게 외쳤다.

"나 간다! 언니 카드로 카페도 갈게! 고마워!"

언니가 무어라 말하는 소리가 들렸지만, 나는 그것을 가뿐히 무시하고 대문을 열고 나왔다.

밍밍한 밀크티와
때아닌 추격전

윤희도 나도 하얀 입김을 내뿜었다. 다행히 어제 내린 눈이 얼지 않아 산책하기 나쁘지 않은 날이었다. 오늘따라 더 활달한 윤희 때문에 한 번도 쉬지 못한 채 걷고 뛰기를 반복하며 쇼핑센터까지 왔다. 자동문이 열리고 따뜻한 기운이 몸을 감싸자, 막혔던 숨이 탁 트이는 것 같았다. 나와 윤희는 에스컬레이터를 타고 서점이 있는 5층으로 향했다. 쇼핑센터 한가운데 서 있는 커다란 트리가 그 어느 때보다 화려하게 장식되어 있었다.

평일 낮의 서점은 한적했다. 언니의 말과 달리 아빠는 카운터에 서 있었다. 내가 먼저 아빠에게 손 인사를 했다. 윤희도 아빠를 발견하고 꼬리를 정신없이 흔들었다. 아빠는 카운터를 다른 직원에게 맡기고 나에게로 왔다.

"언니가 오늘 아빠 본사 가는 날이라고 했는데?"

밍밍한 밀크티와 때아닌 추격전

"아침에 미주랑 통화했는데, 그 후로 갑자기 스케줄이 바뀌었어. 미주는 집에 왔니?"

"응. 집을 거의 뒤집어엎었어."

나는 질린 얼굴로 고개를 가로저었다.

"대청소했구나. 하긴, 요즘 집이 엉망이긴 했지. 우리 둘 다 깔끔한 성격은 못 되잖냐."

부정할 수 없는 말에 어깨를 으쓱했다.

"언니 심부름. 이 책들이 필요하대."

그렇게 말하며 아빠에게 휴대폰을 건넸다. 아빠는 안경을 벗고 미간을 찌푸린 채 언니가 보낸 톡을 읽었다. 이내 도서 검색대에서 문제집 제목을 검색하더니 위치가 적힌 종이를 차례로 인쇄했다. 그러곤 책장에서 문제집을 한 권씩 꺼내 나에게 건넸다. 총 네 권이었다.

"윽, 다 두껍네."

"미도도 책 필요하지 않아? 문제집 같은 거."

"아직 풀고 있는 거 있어."

"공부랑 고등학교 준비는 잘되어 가?"

"……하고 있어."

엄마에게만 털어놓은 비밀인데, 사실 한 달 전부터 예술고등학교 문예창작과에 흥미가 생겼다. 하지만 실기시험을 봐야 한다는 사실을 알고 난 후 자신감이 금세 사그라들었다. 지금부터 준비하기에는 너무 늦었다는 생각 때문이었다. 입시에 대해 알아보니, 다른 애들은 빠르면 중학교 1학년 때부터 학원을 다니며 준비한다고 했다. 그런 아이들과 내가 경쟁이 될 리 없었다. 게다가 교통사고 이후로 집안 분위기는 말도 못 하게 가라앉아 있었다. 아빠는 말수가 부쩍 줄었고 퇴근 후에는 서재에 틀어박혀 집필에만 몰두했다. 언니에게 진학 상담을 하고 싶었지만, 언니는 취업 준비와 연애로 늘 바빠 보였다. 엄마는 이미 자신이 안고 있는 문제만으로도 버거워 보였다.

아빠에게는 이런 속내를 말할 자신이 없었다. 자신과 같은 길을 걷겠다는 딸을 응원해 주지 않을 것이다. 아빠는 글을 쓰는 사람이 맞닥뜨릴 수 있는 장벽과 진통을 누구보다 잘 알고 있었기에 나의 선택을 말릴 것 같았다.

아빠가 책을 들고 계산대로 가 바코드를 찍었다.

"언니가 카드 줬어. 과외 아르바이트해서 돈 있대."

마치 내 것인 양 언니 카드를 내밀었다.

"이번에 학원도 자기 돈으로 등록했던데, 남은 돈이 얼마나 있겠니."

밍밍한 밀크티와 때아닌 추격전

그러더니 아빠는 지갑에서 카드를 꺼내 결제를 마쳤다. 언제나 언니에게는 한없이 약한 아빠다.

"가방 가져와서 쇼핑백 필요 없어."

커다란 캔버스 가방을 챙겨 온 게 다행이었다. 책을 가방에 담았더니 벌써부터 오른쪽 어깨가 뻑적지근한 듯했다.

"바로 집에 가니?"

"엄마 보러 가려고."

거짓말이었다. 오늘은 엄마를 보러 가는 날이 아니었다. 그렇지만 투정을 부리듯 괜히 이렇게 말하고 싶었다. 부모님 사이에 생긴 골은 꽤 깊어 보였지만, 나에게는 내색하지 않으려 애쓰는 게 느껴졌다. 눈치가 아예 없어서 그런 부모님의 노력조차 알아채지 못했다면 차라리 속이 편했을 텐데.

엄마의 입원 초기에 아빠는 퇴근하고 나서 자주 병원에 얼굴을 비추었다. 그러나 엄마가 어느 정도 회복한 뒤로는 아빠의 발걸음이 뜸해졌다. 그 점이 나는 못내 서운했다. 엄마는 가족들 사이에서 외로워 보였고, 적어도 나만큼은 그런 엄마를 혼자 두고 싶지 않았다.

저녁 시간이 되어 가자, 마카롱처럼 작고 동그란 겨울 해는 어느새 사라지고 어스름이 깔렸다. 벌써 달에게 바통을 넘겨준 것 같았다. 나는 곧장 집으로 가지 않고 빌라 단지로 향했다. 꿈에 가호가 나와서인지 발걸음이 자연스럽게 그 가게로 향했다. 크리스마스라 문을 닫았을지도 모른다는 생각에 조마조마했는데 다행히 불이 환하게 켜져 있었다. 곧 문 닫을 시간인데도 매대는 색색의 마카롱으로 꽉꽉 채워져 있었다. 요즘 니농마카롱에 손님이 점점 줄어드는 게 내 눈에도 보였다. 개업한 지 얼마 되지도 않았으니, 애초부터 손님이 뜸했다고 말하는 게 더 정확하려나.

사장님은 언제나처럼 매대 앞을 지키고 있었다. 나는 가볍게 고개를 숙이며 인사했다.

"오늘도 왔구나."

사장님의 목소리에 반가움이 묻어났다. 생각해 보니 이틀 연속으로 오는 건 처음이었다. 사장님은 고개를 돌리고 주방을 향해 "아들!" 하고 외쳤다. 체구가 큰 사장님의 등 뒤로 가호가 빼꼼 보였다. 나는 발밑의 윤희를 내려다보며 슬쩍 미소를 지었다. 그 뜻을 모를 윤희는 무구한 얼굴로 고개를 갸우뚱할 뿐이었다.

"피스타치오 마카롱 하나랑 따뜻한 밀크티 주라."

나는 텀블러를 가호에게 내밀었다.

"마카롱은 바로 먹을 거지?"

"응."

가호가 종이 포장지에 마카롱을 담아 내게 주고는 제 엄마를 도와 음료를 제조했다. 모자의 동작은 깔끔했다. 좁은 공간에서도 가장 효율적으로 움직일 수 있도록 자주 합을 맞춰 본 것 같았다. 나는 음료를 기다리며 운동화 앞코로 바닥을 툭툭 쳤다. 때마침 사장님이 완성된 밀크티를 가호에게 건넸다.

"밀크티."

가호가 시큰둥한 얼굴로 나에게 음료를 내밀며 말했다.

"고마워."

가호는 아래를 기웃거리다가 윤희를 발견하고는 다정하게 눈을 맞췄다. 윤희도 가호가 썩 마음에 드는 모양인지 눈을 반짝이며 크게 한 번 짖었다. 가호는 유독 윤희를 좋아했다. 윤희와 함께 온 날에는 용건이 끝난 뒤에도 찬바람이 쌩 불도록 곧장 주방으로 들어가지는 않았다.

나는 가호의 시선을 빼앗고 싶어서 말을 걸었다.

"오늘 크리스마스잖아."

"어?"

"뭐 했어?"

"그냥······."

가호는 대답하기 싫다는 듯 흐음, 하고 말을 끌었다. 정적이 길어지자 나는 민망해서 귀가 뜨거워지는 듯했다. 급히 뒤돌아 가게 바로 앞에 놓인 벤치에 앉았다. 마카롱을 한입에 털어 넣자, 목이 막혀 와 밀크티를 홀짝였다. 이곳의 마카롱은 정말 맛있었지만, 그에 비해 음료는 평균 이하였다. 전반적으로 맛이 밍밍했다. 아니, 어쩌면 마카롱의 강렬한 단맛 때문에 음료 맛이 덜 느껴지는 걸지도 몰랐다. 다음부터는 마카롱을 먹기 전에 음료부터 마셔 봐야겠다고 생각했다. 밍밍한 밀크티일지라도 긴 산책으로 찌뿌듯해진 몸에 힘을 주기에는 충분했다.

가호는 매대에 그대로 서서 휴대폰을 만지작거리고 있었다. 윤희 효과였다. 내가 벤치에 앉아 있는 동안 니 농마카롱을 찾는 손님은 없었다. 건너편 '틸실아이'는 꼭 폐업한 가게 같았다. 한 달이 넘도록 문은 굳게 닫혀 있었고 조명도 꺼진 채였다. 아름다운 직물이 될 수 있는 무궁무진한 가능성을 품은 실뭉치들 위에는 아마도 먼지가 두껍게 쌓였을 것이다. 과연 엄마의 가게는 다시 활기차게 문을 열 수 있을까? 이런 생각을 하다 보면 물에 젖은 종이처럼 몸이 너절해졌다.

한산한 마카롱 가게와 활기를 잃은 뜨개 가게를 번갈아 보며 생각에 잠겨 있는데, 갑자기 윤희가 차도로 뛰어갔다. 마카롱 포장지를 버리려고 잠시 리드 줄을 놓은 찰나에 벌어진 일이었다.

"윤희야!"

내 비명에 놀란 가호가 휴대폰을 떨어뜨렸다. 윤희는 바닥 냄새를 맡으며 건너편 길목에서 서성거리고 있었다. 그때 가호가 가게 문을 열고 쏜살같이 뛰쳐나왔다. 갑자기 벌어진 상황에 머릿속이 하얘졌다. 달려가는 가호의 모습은 팔랑거리는 종이 인형 같았는데, 그에 비해 속도는 무척 빨랐다.

"야! 너 뭐 해!"

뒤늦게 정신을 차린 내가 외쳤지만, 가호는 들리지 않는다는 듯 더 빠르게 팔을 앞뒤로 흔들며 윤희를 향해 달려갔다. 갑작스러운 소란에 놀란 사장님을 뒤로한 채, 나도 윤희와 가호를 뒤쫓으려 했다. 그 순간 몸이 스프

링처럼 튀어 나가 벤치에 놓아둔 밀크티를 손으로 쳐 버리고 말았다. 손등에 느껴지는 화한 뜨거움에 깜짝 놀랐다. 절반이나 남은 밀크티가 가방 위로 엎질러졌다. 가방과 문제집이 엉망이 되었을 테지만, 그런 걸 생각할 겨를이 없었다. 얼른 윤희를 따라잡아야 했다.

어느새 윤희와 가호의 거리가 약간 벌어져 있었다. 흥분한 윤희는 멈출 기미가 없어 보였다. 그대로 다음 차도를 향해 맹렬히 달렸다. 초록불이었지만, 우회전하던 오토바이가 윤희를 보지 못했는지 속도를 줄이지 않고 달려오고 있었다.

"윤희야!"

내가 낼 수 있는 가장 큰 소리로 윤희를 불렀다. 겁에 질려 눈을 힘껏 감았다 뜨자 눈물이 배어 나왔다. 다행히도 윤희와 가호는 이미 횡단보도를 건넌 후였다. 나는 윤희에게 아무 일도 없을 거라고 되뇌며 얼른 손등으로 눈물을 훔치고 다시 발을 움직였다.

윤희는 낡은 아파트 단지 안에 있는, 발이 푹푹 빠지는 모래 놀이터에서 마침내 멈췄다. 이제 입안에서는 피맛이 났고 다리는 후들거려 더 이상 뛸 힘이 남아 있지 않았다. 가호도 윤희 앞에 주저앉아 어깨를 들썩이며 숨을 골랐다. 그러곤 양팔을 척 벌렸다. 윤희를 억지로 붙잡으려는 것 같았다. 가호가 또 일을 그르칠까 봐 나는 마지막 힘을 짜내 윤희를 불렀다.

"윤희야, 일로 와! 언니한테 와!"

그제야 윤희는 내 목소리를 알아들은 듯 가호를 지나쳐 나에게 다가왔다. 나는 윤희를 꼭 껴안으며 또 놓칠까 봐 얼른 리드 줄을 잡았다. 그런 내 마음도 모르고 윤희는 크고 맑은 눈으로 나를 빤히 바라볼 뿐이었다. 나는 거칠게 윤희의 머리를 쓰다듬었다.

"언니가 미안해, 미안해."

가호는 여전히 자리에서 일어나지 못한 채 거친 숨을 토해 내며 윤희와 나를 바라봤다.

"야, 너! 너 왜 그런 거야?"

내가 가호를 노려보며 사납게 외치자, 그 목소리가 신호탄이라도 된 듯 가호가 갑자기 눈물을 터뜨렸다. 방울방울 떨어진 가호의 눈물이 모래를 적셨다. 순간 나는 당황해서 화내는 것도 잊고 말았다.

"너…… 괜찮아? 물, 물 좀 사 올게. 잠시만 윤희랑 있어 봐. 줄 꼭 잡고 있을 수 있지?"

가호는 소중한 걸 잃어버린 어린아이처럼 멍한 눈빛

으로 고개를 저었다. 나는 어쩔 수 없이 윤희의 리드 줄을 그네 기둥에 단단히 묶어 두고 바로 앞 편의점에 가서 물을 사 왔다. 우리는 어색해진 분위기 속에서 그네에 나란히 앉아 물을 마셨다. 나는 윤희를 위해 손바닥에 물을 조금씩 부었다. 그러자 윤희가 내 손에 머리를 들이밀며 갈급하게 물을 마셨다. 분홍색의 긴 혀가 손바닥에 닿을 때마다 간지러워 손이 움찔거렸다.

가호는 언제 울었냐는 듯 시치미를 떼며 윤희의 등을 쓰다듬었다. 아무래도 동물을 퍽 좋아하는 것 같았다. 가호의 손길이 능숙한 것을 보아 강아지를 키우고 있을지도 모른다는 생각이 들었다.

가호는 힐긋힐긋 나를 보기만 할 뿐 아무런 말도 꺼내지 않았다. 이상하게도 침묵이 불편하지는 않았다. 함께 필사적으로 뛰며 두려움을 나눈 그 짧은 시간 동안 어쩌면 동지애 같은 게 생긴 걸지도 몰랐다.

나는 괜히 페트병 뚜껑을 열었다 닫았다 하다가 그만 떨어뜨리고 말았다. 바닥에 떨어진 뚜껑이 앞으로 굴러갔다. 나는 그것을 주워 들고 그 자리에 서서 가호를 똑바로 바라봤다.

"윤희는 똑똑해서 그런 상황에서도 절대 혼자 어디

가지 않아. 내가 부르면 바로 돌아온단 말이야. 그런데 사람이 뛰면 흥분해서 같이 뛰어. 어렸을 때부터 그랬어. 게다가 잘 모르는 사람이 그렇게 무섭게 달려드니, 윤희도 덩달아 흥분한 거지. 그러니까 왜 뛰어 가지고……."

나는 가호에게 핀잔을 줬다.

"……리드 줄을 놓친 너도 잘못한 거 아니야?"

그 말에 험악한 표정으로 가호를 노려봤다. 가호가 항복한다는 듯 입술을 앙다물고 시든 화초처럼 시무룩한 표정을 지었다. 말은 그렇게 해도 자기가 잘못했다고 생각하는 모양이었다.

"하마터면 큰일 날 뻔한 거야. 윤희는 내 가족이란 말이야. 하나밖에 없는 동생이라고."

"미안해. 너무 당황해서 몸이 먼저 나갔어. 내 잘못이야."

가호가 눈을 내리깔고 낮은 목소리로 사과했다. 가호의 진심 어린 태도에 마음이 약간 누그러졌다. 동시에 가호를 조금 놀리고 싶어졌다.

"미안하면……."

"미, 미안하면? 뭐?"

가호는 내가 무슨 부탁을 하든 들어줄 준비가 된 듯 사뭇 비장해 보였다. 그네에 앉은 채로 나를 향해 몸을 기울였다. 그 순간 싱그러운 귤 향이 났다. 가호를 곤란하게 만들고 싶진 않았지만, 이 기회를 놓치고 싶진 않았다. 가호를 조금 더 알아 갈 기회를.

나는 고민하며 하늘을 올려다봤다. 어느새 하늘은 새카맣게 칠해져 있었고, 그렇게 크리스마스도 끝나 가고 있었다. 미리 예보를 챙겨 봤기에 화이트 크리스마스는 기대조차 하지 않았지만, 막상 눈이 오지 않으니 어쩐지 섭섭했다. 자동차 경적만이 가호와 나 사이의 정적을 메웠다.

가호와 다시 한번 눈을 맞췄다. 가호는 내 시선을 피하지 않으면서도 내심 불안한 듯 손으로 계속 윤희를 쓰다듬었다. 슬슬 윤희도 귀찮은지 머리를 양옆으로 털더니 털썩 누워 버렸다.

"미안하면 말이지……"

내 말을 기다리며 가호가 침을 크게 삼켰다. 목울대가 꿀렁거렸다. 가호의 하얗고 가는 목을 바라보며 말했다.

"그런데 너 이가호, 맞지?"

가호는 다소 힘 빠진다는 얼굴로 고개를 끄덕였다. 생각해 보니 마카롱 소년의 이름을 육성으로 처음 말해 봤다.

밍밍한 밀크티와 때아닌 추격전

"이 친구 이름은 유니야? 네가 매번 그렇게 부르길래."

이번에는 가호가 나에게 물었다.

"유니?"

나는 작게 웃음을 터뜨렸다.

"유니가 아니라, 윤. 희. 윤희야."

내가 한 글자씩 끊어 말했다.

"아, 윤희구나. 꼭 사람 이름 같네. 너는 이름이 뭐야?"

가호의 얼굴에 부드럽게 웃음이 번졌다. 가호가 웃는
건 처음 봤다. 문득 이 아이의 이름이 '보호해 준다'는 뜻
의 '가호(加護)'라는 단어와 같다는 사실을 깨달았다.

"세상을 만들던 여신의 실수로 천 가운데 구멍이 뚫리고 말았어. 그 틈으로 어둠이 스몄지. 사람들은 어둠을 반겼을까?"

지금보다 훨씬 젊은 얼굴의 엄마가 나에게 물었다. 엄마는 이야기를 들려주며 그 속에 등장하는 여신 인형을 뜨개질로 만들고 있었다.

"아니."

나는 얼굴을 잔뜩 일그러뜨리며 양팔을 교차해 커다란 엑스자를 만들었다.

"정말? 미도는 어둠이 필요 없어?"

엄마가 내 눈을 가만 응시하며 물었다. 엄마의 꼿꼿한 시선에 속내를 다 들킨 기분이 들었다.

"우중충한 건 딱 질색이니까."

나는 잔뜩 움츠러든 채 기어들어 가는 목소리로 답했다.

그 시절의 난 어째서인지 어둠을 무서워했다. 그래서 잠을 설치다가 동틀 무렵이 되면 엄마를 깨우곤 했다. 드디어 어둠이 물러갔다며, 마치 밤새 어둠과 싸운 전사 같은 얼굴로 말하면서. 나중에서야 알게 되었다. 그런 나를 위해 부모님이 이 이야기를 만들었다는 것을.

"놀랍게도 사람들은 두 팔 벌려 어둠을 반겼어."

엄마는 교차된 내 팔을 풀어 주며 마치 포옹하듯 넓게 벌렸다.

"어둠이 사람이라면 이렇게 꼭 안아 주기라도 할 듯이 말이야."

부모님의 동화를 읽을 때면 나는 한 번도 생각해 보지 못한 낯선 세상과 대면하게 되었다. 그때마다 나는 늘 무언가에 압도당하는 기분이었다. 나라는 작은 물방울이 큰 물방울에 달라붙기 위해 무진 애를 쓰는 느낌이었다. 동시에 내가 자라고 있다는 생각에 우쭐해지기도 했다. 그게 바로 이야기의 힘이라는 걸, 이제는 안다.

"왜에?"

나는 괜히 손가락으로 털실을 꼬며 장난을 쳤다.

"그 어둠은 세상에 꼭 필요한 어둠이었어. 사람들은 드디어 포근한 어둠 속에서 긴 잠을 잘 수 있게 되었거든. 피곤함에 짙어졌던 눈 밑 그늘도 전부 사라졌지. 여기가 환해진 거야."

엄마가 내 눈 밑을 손가락 끝으로 가볍게 쓰다듬었다. 나는 그 손을 헐겁게 잡았다. 내 손가락에는 털실이 돌돌 말려 있었다. 나와 달리 엄마의 눈 밑은 가뭇했다. 그즈음 나는 엄마가 어둡고 축축한 방에 끌려가는 사람 같은 얼굴을 하고 산부인과에 자주 갔다는 걸 알았다. 자신의 일부를 도려내는 고통을 감내하면서까지 엄마가 아이를 진정으로 원했다는 사실도. 엄마가 아이 갖기를 포기한 지 얼마 지나지 않아, 윤희가 우리 집에 왔다. 엄마는 나에게 "막냇동생이니 살뜰하게 챙겨야 해"라고 당부했다.

"어둠만이 할 수 있는 일을 하는 거니까, 이제 밤을 너무 미워하진 마."

"이제 어둠이 밉지만은 않아."

나는 잠시 생각에 잠겼다가 말을 이었다.

"엄마, 나 이 동화를 오래 기억하고 싶어. 그런데 금방 잊을 거 같아."

정말 아름다운 것은 때로 너무 쉽게 마음에서 사라진다. 나는 이 사실을 엄마와 아빠의 동화를 통해 깨달았다.

"열심히 해서 얼른 책으로 완성해야겠네. 혹시 미도가 이 이야기를 잊어버리더라도, 언제든 책장에서 다시 꺼내 읽을 수 있게."

바로 그날, 나는 처음으로 동화를 쓰고 싶다는 열망을 갖게 됐다. 싫어하는 것을 좋아하게 만들고, 때로는 두 팔 벌려 환영하게까지 만드는 이야기의 힘에 흠뻑 빠지고 말았다. 그러나 그 마음과 달리 실제로 동화를 쓰기까지는 오랜 시간이 걸렸다. 나는 엄마와 아빠처럼 아름다운 글을 쓸 자신이 없었다.

🧸 🧸 🧸

수학 문제집을 펼쳐 두고도 나는 손가락 사이로 샤프를 돌리며 딴생각을 했다. 빈칸은 여전히 공백으로 남아 있었다. 오늘 안에 이 문제를 푸는 건 그른 것 같았다. 틀리더라도 해설 없이 끝까지 풀겠다는 생각은 결국 자만이었다.

방정식 따위 집어치우고 오랜만에 생각난 그 동화책

을 찾아보고 싶었다. 필사도 하고 싶었다. 거실로 내려가 책을 읽을지 고민하던 차에 제한 시간 종료를 알리는 타이머가 울렸다. 순간 손가락이 리듬을 잃었다. 돌고 있던 샤프가 책상 아래로 떨어지며 날카로운 촉으로 발등을 찍었다. 나는 작게 탄성을 내뱉었다. 그리 아프진 않았지만 괜히 안 좋은 예감이 들어 찝찝했다.

"미도! 공미도!"

그런 예감이 들기 무섭게 언니의 목소리가 집 안에 울려 퍼졌다. 샤프를 주우려고 책상 밑에 몸을 구겨 넣는데 문턱에 서 있는 언니가 보였다.

"미도, 너……!"

언니가 못 볼 꼴 봤다는 표정을 지었다.

"너 거기서 뭐 해?"

나는 책상에 머리를 박지 않기 위해 조심히 일어난 뒤, 언니에게 샤프를 내밀어 보였다. 언니는 못마땅하다는 듯 얼굴을 찡그리더니 문제집을 내 앞에 들이밀었다. 문제집이 왜 젖었는지 해명을 요구하는 눈빛이었다. 나는 슬그머니 눈동자를 굴리며 언니의 시선을 피했다.

언니는 내가 책들을 책상에 올려놓은 지 사흘 만에 상태를 확인했다. 급하게 필요한 것도 아니었는데, 그렇게 들들 볶았다니. 언니는 작은 일을 꼭 크게 부풀려 말했고, 늘 무언가에 쫓기고 있는 것처럼 굴며 나를 쪼아 댔다. 그렇지만 나는 용돈이 떨어질 때면 간간이 언니에게 손을 벌리곤 했으므로 순종적으로 납작 엎드릴 수밖에 없었다.

"너, 책이 이게 뭐야?"

"……미안. 고의는 아니었어."

"이거 구정물이니?"

어제는 눈 대신 비가 세차게 내렸다. 내가 아무리 언니를 괘씸하게 여긴다고 해도, 그런 짓을 할 정도로 심성이 못된 동생은 아니다.

"냄새 맡아 보면 알 텐데, 단내 날 거야. 밀크티거든."

언니가 책에 코를 파묻고 흠흠 냄새를 맡았다.

"내 카드로 산 밀크티를 내 책에 엎었단 말이지?"

"드라이기로 말리고 냉동고에도 넣어 봤는데…… 한번 젖은 종이는 돌이킬 수 없더라."

내가 뒷짐을 지고 고개를 모로 돌렸다.

"종이가 이렇게 쭈글쭈글해졌는데 문제를 어떻게 풀어. 네 권 중에 세 권이 이 모양이더라."

언니는 길게 한숨을 쉬었다.

"됐다, 너한테 말해 봤자 뭐하겠어. 네 말대로 이미 망가진 책을 원상 복구할 방법이 있는 것도 아니고."

"잘 생각했어."

내가 박수 치는 시늉을 했다.

"그런데 어쩌다 이렇게 된 거야?"

"어?"

"정신을 어디에 두고 다니길래 밀크티를 쏟은 거냐고."

나는 당황해 입술만 달싹였다. 언니에게 솔직하게 말하면 이번에는 정말 혼날 것 같았다. 내가 윤희를 놓치는 바람에 교통사고가 날 뻔했다. 자칫하면 윤희를 영영 잃어버릴 수도 있었다. 그리고 내 정신은⋯⋯ 가호에게 팔려 있었다.

그날 나는 가호와 함께 가게로 돌아가면서 시답잖은 이야기만 했다. 니농마카롱 바로 앞에 있는 엄마의 뜨개 가게에 대해서도 말하지 못했다. 나에 대한 것뿐만 아니라 그동안 가호에게 궁금했던 것에 대해서도 묻지 못했다. 허리는 멀쩡해 보이는데 왜 계속 결석을 하는지, 너도 마카롱을 만들 수 있는지, 개를 좋아하는지⋯⋯.

대신 질문을 삼킬 때마다 달고 따뜻한 차를 입안 가득 머금듯 천천히 그리고 부드럽게 가호의 이름을 불렀다.

각설탕의 쓸모

가호야, 천천히 가.

가호야, 윤희 좀 잠깐 잡아 줘.

가호야! ……그냥 불러봤어.

잘 가, 가호야.

누군가의 이름을 이토록 많이 불러 본 것은 정말 처음이었다.

가게 앞에 도착해 사장님이 챙겨 주신 가방을 받는데, 가호가 내 손등의 화상 자국을 봤다. 쏟아진 밀크티 탓이었다. 화상이라고 해 봤자 피부가 놀라 살짝 붉어진 정도였지만. 가호는 조용히 주방으로 들어갔다 나오더니 작은 케이크 상자를 내밀었다. 직접 만든 빅토리아 케이크라고 했다. 크리스마스 내내 열심히 만들었을 케이크를 그냥 받을 순 없다고 했지만, 가호는 어쩐지 완강했다. 그 애만의 사과 방식인 듯했다.

결국 나는 가호 얘기는 쏙 뺀 채 그날 있던 일을 언니에게 털어놨고, 대차게 혼났다. 그 아이와 함께한 시간에 대해 말하면, 그 장면들이 공기 중으로 흩어져 그대로 사라질 것만 같았다.

공유 전동자전거를 타고 골목을 달렸다. 바라클라바에 목도리까지 둘렀는데도 바람이 자꾸 안으로 파고들어 등을 식혔다. 아스팔트 곳곳에 고인 빗물 웅덩이를 피해 달리다 보니 청바지 밑단이 살짝 젖었지만 개의치 않았다.

오늘도 니농마카롱에는 사장님과 가호가 있었다. 나는 가호에게 엄마를 위한 마카롱 세트를 주문했다.

"케이크 잘 먹었어. 가족들도 다 좋아하더라. 어디서 사 왔냐고 묻더라고."

"다행이네."

가호는 민망한 듯 얼굴을 붉히더니 능숙하게 기다란 상자를 꺼내 종류별로 마카롱을 담으며 물었다.

"그나저나 오늘은 윤희 없어?"

"응. 병원 갈 때는 윤희랑 같이 못 가."

가호가 잠시 내 얼굴을 뚫어져라 쳐다봤다. 관자놀이나 입술 끝에 고인 남모를 슬픔을 찾으려는 듯이. 하지만 이내 어둠의 기색을 찾지 못하겠다는 듯 콧숨을 내쉬고 말했다.

각설탕의 쓸모

"너 어디 아파?"

가호가 마카롱 상자를 종이 쇼핑백에 담아 나에게 건네주었다.

"나 말고, 엄마. 엄마가 마카롱 좋아해서 병문안 갈 때마다 너희 가게 오는 거야. 물론 그냥 내가 먹고 싶어서 오는 날도 있지만."

목소리가 점점 작아져 뒷말은 거의 들리지 않을 정도였다. 나는 대화를 이어 가고 싶어서 마카롱이 든 쇼핑백을 허벅지로 톡톡 치며 그 자리에 서 있었다.

"그리고 네가 그렇게 좋아하는 윤희는 당분간 못 볼지도 몰라. 윤희를 잃어버릴 뻔한 걸 언니한테 괜히 말했나 봐. 산책 금지령을 내렸거든. 지금까지 언니가 집에 없는 동안 윤희를 돌본 건 나였는데."

나는 위로 여덟 살 터울의 언니가 있다는 설명을 덧붙였다.

"미안. 나 때문에……."

가호의 얼굴에는 아쉬운 기색이 역력했다. 문득 가호의 관심은 오로지 윤희에게만 있다는 생각이 들어 심술이 났다.

"어째 나보다 가호 네가 더 아쉬워하는 것 같냐."

나는 자전거 안장에 올라탔다.

"나 이제 간다."

"그게……."

가호의 말을 다 듣지도 않고 나는 페달을 밟아 앞으로 나아갔다.

꧁ ꧁ ꧁

엄마의 병실은 2인실이다. 문을 열면 맞은편 벽에 커다란 창문이 보인다. 오늘처럼 맑은 날에는 기분 좋게 햇살이 들이쳤지만, 어제처럼 비라도 오는 날에는 병실 분위기가 축축 처질 듯했다. 병실이 유독 조용하다 했더니 엄마도 반대편 침대의 할머니도 깊이 잠들어 있었다.

엄마의 침대 옆 협탁 위에는 마카롱 상자가 쌓여 있었다. 상자 하나를 열어 보니 뜨개질로 만든 마카롱 일곱 개가 눈에 들어왔다. 엄마는 마카롱을 하나 먹을 때마다 같은 색의 실로 마카롱을 만들어 상자의 빈자리를 채워 넣었다. 마카롱을 천천히 아껴 먹기 위해서였다.

"미도 왔어?"

내가 상자를 정리하는 기척에 엄마가 잠에서 깬 모양

이다.

"오늘도 마카롱 사 왔어."

"와, 고마워."

엄마가 힘겹게 몸을 일으켜 앉더니 어린아이처럼 웃었다. 양 볼이 달걀처럼 동그랗게 솟았다.

"대신 나 이거 하나 줘."

내가 뜨개 마카롱이 든 상자를 집어 들며 말했다.

"두 개 가져도 돼. 아니, 다 가져가."

엄마는 상자를 열어 신중하게 마카롱 맛을 골랐다. 곧 피스타치오 마카롱을 집어 들고 야금야금 베어 먹었다. 의식적으로 왼손만 사용하는 것이 보였다. 오른손은 마치 자신의 몸이 아닌 것처럼 이불 아래에 숨겨 놓고 있었다.

나는 의자에 앉아 엄마에게 물었다.

"마카롱이 왜 좋아?"

"나에게 마카롱은 각설탕 같은 거야."

엄마는 하나를 더 먹을지 망설이다가 아쉬운 듯 상자를 닫고 침대 테이블 위에 올려놓았다.

"각설탕?"

"엄마도 들은 이야기인데…… 옛날에는 쓴 블랙커피

를 주문하면 각설탕이 같이 나왔대. 사실 각설탕은 있어
도 그만 없어도 그만이잖아. 그런데 누군가는 각설탕이
있어야만 커피를 마실 수 있는 거지. 커피가 유독 쓰게
느껴지는 사람이 있기 마련이잖아. 나한테는 마카롱이
꼭 각설탕 같아. 마카롱을 먹어야 입맛이 좀 돌아서 밥
을 먹을 수 있어. 요즘에는 밥이 너무 쓰게 느껴지거든.”

테이블 위에 놓인 엄마의 왼손 뼈마디가 붉어져 나온
것이 보였다. 엄마는 작년 말부터 살이 빠지기 시작했다.
엄마의 몸은 너무 가냘파서 바람이 불면 획 날아갈 것
같았다.

“그런데 이건 왜? 누구 주려고?”

엄마가 턱짓으로 뜨개 마카롱이 든 상자를 가리켰다.
나는 가호를 생각하며 얼굴을 붉혔다.

“그냥.”

가호와 마카롱 가게를 생각하자 자연스레 털실아이
가 떠올랐다.

“엄마 가게 있잖아, 이제 닫은 지 꽤 됐지?”

“그렇지.”

엄마가 아무 감정도 담기지 않은 목소리로 말했다.

“먼지가 많이 쌓였을 거 같은데, 청소 한번 해야 하지

않을까?"

"웬일이야? 청소를 제일 싫어하는 우리 먼지 공주가?"

"여기 마카롱 가게를 자주 가다 보니까, 매번 엄마 가게를 보게 되거든. 근데 매일 불 꺼져 있는 게 뭔가 안쓰러워. 가게가 꼭 죽어 있는 것 같아. 그래서…… 다시 문을 열었으면 좋겠어."

"가게가 죽어 있는 것 같다고? 역시 상상력이 풍부하네, 미도는."

니농마카롱이 들어선 뒤로 우리 가게는 더 초라해 보였다. 마카롱 가게는 장사가 썩 잘되는 편은 아니었지만, 가호 모자가 매대에 다채로운 색의 마카롱을 채워 넣을 때면 가게와 그 앞 거리까지 활기가 도는 듯했다. 매일 아침 가게를 청소하고, 창문을 열어 환기하고, 마카롱을 구우면서 가게가 살아 숨 쉬고 있었다.

"가게 문을 닫은 지도 한 달이 넘었으니, 단골들도 폐업한 줄 알 거야. 이제 찾아올 사람도 없을 텐데, 문을 다시 열어 봤자 무슨 소용이겠어."

엄마가 쓸쓸한 미소를 지었다. 그때 반대편 침대 할머니가 목 긁는 소리를 내며 무어라 잠꼬대를 했다. 뭉개진 말소리가 고통스러운 비명처럼 들렸다.

"퇴원하고 엄마 돌아올 때까지 재정비해 놓을게. 내가 한번 가게를 살려 볼게, 응?"

내가 분위기를 바꿔보려 부러 명랑하게 말했다.

나에게 털실아이는 단순히 실을 파는 평범한 가게가 아니었다. 어릴 적 나는 거의 매일같이 가게에서 시간을 보내다 엄마와 함께 퇴근하곤 했다. 엄마는 가게에서 뜨개질과 위빙 수업을 진행하며 각종 실과 공예품을 판매했다. 아빠는 그곳에서 초등학생을 대상으로 글쓰기 강좌를 진행했고, 동화책이 출간되면 구연동화 행사도 열었다. 나는 그런 행사에 빠짐없이 참여하는 수강생이었다. 초등학생 시절에는 반 친구들을 가게로 불러 매년 생일 파티를 열었고, 여유로운 주말이면 단골손님들이 각자 준비해 온 음식들을 뷔페처럼 늘어놓고 작은 잔치를 벌이기도 했다. 그곳에서 나는 많은 책을 읽었고 엄마와 아빠를 따라 글을 끄적이기도 했다. 털실아이는 내 꿈이 심어진 공간이었다. 그곳에 있으면 안전함을 느꼈고 자주 행복했다.

무엇보다 털실아이는 엄마의 엄마, 즉 외할머니가 처음 문을 열어 2대째 이어져 온 가게였다. 오 년 전 할머니가 완전히 은퇴한 뒤로는 엄마 혼자 가게를 꾸려 왔다. 그러니 털실아이를 지키고 싶은 마음이 드는 건 어쩌면 딸로서 당연한 일이었다.

"가게 접을까 했는데."

"왜?"

예상치 못한 엄마의 말에 반사적으로 공격적인 목소리가 나왔다. 이해할 수 없으니 나를 설득해 보라는 투였다.

"가게가 계속 이어질 수 있을 거란 자신이 점점 사라져. 세상이 너무 빨리 변하잖아. 이런 작은 공간을 찾는 사람들은 점점 줄어들 거야. 지금까지 버틴 게 용한 거지."

"그래도 아직 우리 가게를 찾는 단골 이모들이 많잖아."

발끈해 말하긴 했지만, 엄마 말대로 모든 게 너무 빨리 변했다. 옷도 음악도 음식도 전부. 작은 가게 하나 없어지는 일쯤은 전혀 이상하지 않은 세상이었다. 얼마 전 자영업 폐업률이 나날이 치솟고 있다는 기사도 읽었다. 그럼에도 쉽게 포기할 순 없었다. 그곳은 내 기억의 보물 창고니까.

"이제 재미없는 것 같기도 해, 실 만지는 거."

어쩌면 엄마는 권태와 싸우고 있는지도 몰랐다. 고등학교를 졸업한 후 지금까지 쭉 털실아이를 지켜 온 엄마다. 십수 년째 매일 같은 일을 반복한다는 게 어떤 기분일지 나는 상상도 되지 않았다. 중학교 삼 년을 다니는 것만으로도 따분하고 지겨웠으니.

"무엇보다 손이 나을 것 같지도 않거든."

엄마가 왼손으로 오른 손목을 가만 쥐었다. 나는 엄마의 다친 손을 보자 미안해졌고, 주눅이 들었다. 비가 쏟아지던 날 도로에 나가게 된 건 결국 나 때문이었으니까.

"어떤 느낌이야? 오른손 말이야."

"글쎄, 이제는 내 손이 원래 이랬던 것처럼 느껴져."

엄마가 고장 난 태엽 인형처럼 덜덜 떨리는 오른손을 창가 쪽으로 들어 올렸다. 마치 빛을 붙잡으려는 사람처럼. 한낮의 빛이 엄마의 손가락 사이사이로 속절없이 빠져나갔다. 엄마는 이내 손을 내리고 헐겁게 주먹을 쥐었다. 손에 힘을 주는 것이 쉽지 않아 그 정도가 최선이었을 것이다.

"그게 무슨 말이야, 원래 그러지 않았잖아."

"이렇게 될 걸 꼭 알고 있었던 것 같아."

나는 떫은 감을 씹은 듯 미간을 찌푸렸다. 요즘 엄마의 모습은 조금 낯설었다. 그런 낯섦은 늘 예상치 못한 순간에 찾아왔다. 마카롱을 먹을 때만큼은 전과 다름없어 보였지만, 간혹 소중한 것을 망망대해에 떨어뜨려 놓고 그것을 찾으려는 시도조차 하지 않는 사람처럼 무기력해 보였다. 오랜 시간 슬픔이 몸에 밴 사람처럼. 하지만 나로서는 엄마의 어둠이 어디서 왔는지, 그 원인을 도저히 알 수 없었다.

문득 삶을 돌아보면 슬픔밖에 없어서 어쩔 수 없이 이렇게 되었다는 듯한 엄마의 태도에 화가 났다. 엄마는 언제부터 슬픔에 몸을 내어 준 걸까. 나는 엄마의 기억을 헤집고 싶었다. 언니가 말한 것처럼, 엄마는 고통스러운 과거만 부지런히 건져 올리고 있는 것 같았다. 우리가 함께했던 추억들은 바다 깊숙한 곳에 가라앉아 층층이 쌓인 채 결국 아무도 밟지 못하는 해저의 땅이 되도록 방치되고 있었다.

하지만 나는 도대체 뭐가 문제냐고 엄마에게 따져 묻지 못했다. 어떤 진실과 진심에 다가가기에는 너무 큰 용기가 필요했기에, 나는 늘 뒤로 물러났다. 그런 성격 때문에 종종 나 자신이 싫어지기도 했다.

내 표정이 점점 어두워지자 엄마는 힘겹게 입꼬리를 말아 올리며 황급히 주제를 바꾸었다.

"윤희는 잘 지내?"

"웅. 이 추위에도 잘만 뛰어다녀. 엄마가 만들어 준 옷이 따뜻하긴 한가 봐."

"다행이야, 윤희가 밝아서. 겨울에 지지 않아서."

지금 엄마의 모습은 어둡고 쓸쓸한 털실아이 그 자체였다.

내가 어렸을 때, 엄마와 나는 누가 더 가게를 좋아하는지 경쟁 아닌 경쟁을 하곤 했다.

"스코어 0 대 3! 아아, 엄마 선수 이렇게 또 지고 마는 걸까요?"

나는 스포츠 중계하듯 아나운서 목소리를 흉내 내곤 했다. 엄마는 항상 나에게 져 줬다. 그때 나는 알고 있었다. 승리에 기뻐하면서도, 엄마는 나와는 비교할 수 없을 정도로 가게와 함께한 추억이 많다는 것을. 거기서 비롯된 애정은 내가 감히 이길 수 없다는 것을 어렴풋이 느끼고 있었다. 그런데 이제는 견주어 볼 것도 없이 내가 더 가게를 소중히 여기고 있었다. 뭉툭하고 짙은 연필심 같은 설움이 마음속에 지저분한 낙서를 새겼다.

어느덧 한 해의 마지막 날이었다. 한 걸음 내디딜 때마다 주머니 속에서 열쇠가 짤랑거렸다. 쇳소리에 신경이 곤두서서 나는 헐렁한 운동복 바지 주머니에 손을 욱여넣고 열쇠를 꼭 쥐었다. 어제 엄마는 가게 따위 어떻게 되든 상관없다고 했지만, 가만히 있을 수만은 없었다. 희미해져 가는 가게의 숨소리가 귓가에 맴도는 것 같았다. 털실아이를 어떻게 심폐소생술 할지 뾰족한 대책도 없으면서 나는 기어코 몰래 열쇠를 가지고 나왔다.

작년부터 털실아이가 있는 골목 곳곳에는 카페와 작은 식당이 하나둘 들어섰다. 주변에 초등학교가 두 곳이나 있고 학원가와도 인접해 있어 아이들의 하교와 하원을 기다리는 학부모들이 시간을 보내거나 끼니를 해결하기에 더없이 좋은 입지였다. 근교 데이트 코스로도 유명해지면서 멀리서 찾아오는 젊은 사람들도 늘었다. 몇몇 가게는 알음알음 입소문을 타고 수년째 자리를 지켰지만, 대개는 금세 사라졌다. 어쩌면 털실아이가 오래도록 버틴 건 기적에 가까웠다.

일요일 늦은 오후, 빌라 골목은 조용했다. 털실아이는 언제나 그렇듯 시간이 멈춘 것처럼 흑백으로 보였다. 니농마카롱의 문도 굳게 닫혀 있었다. 마카롱 가게는 수요일부터 일요일까지, 오전 열한 시부터 오후 일곱 시까지 운영한다. 오늘은 일요일이니 원래라면 이 시간에 문이 열려 있어야 했다. 그러나 유리문에는 'close' 팻말이 걸려 있었다. 의아해진 나는 가게 안을 기웃거렸다. 유리문 아래쪽 3분의 2는 불투명해서 까치발을 들어 가까스로 주방을 들여다봤다. 그 안에는 각종 도구와 식기가 어질러져 있고 오븐은 켜져 있었다. 마치 금방 사람이 있었던 것처럼…….

"공미도, 뭐 해?"

깜짝 놀라 소리가 나는 쪽으로 몸을 돌리다 발을 헛디뎠다. 오른발에 힘을 준 덕에 간신히 넘어지지는 않았지만, 기운 넘치게 스트레칭을 하는 것 같은 우스꽝스러운 자세가 되었다.

나를 부른 건 가호였다. 가호의 손에는 검은 비닐봉지가 들려 있었다.

"그냥, 산책 나왔다가 들렀어. 그런데 오늘 가게 문 안 열었어?"

내가 멋쩍어하며 물었다.

"응. 이제 일요일은 문 안 열어. 영업시간도 단축할 거 같아."

가호가 특유의 심드렁한 표정을 지었다.

"가게 문 닫는 거야? 연 지 얼마 되지도 않았잖아."

슬그머니 퍼지는 불안함을 느끼며 나는 주먹을 꽉 쥐었다.

"내 예상으로는 내년 봄을 넘기지 못하고 문을 닫을 것 같아."

저런 말을 이리도 태평스럽게 할 수 있다니. 가호는 가게에 애정이 없는 걸까?

"너는 아무렇지도 않아? 가게가 없어질 수도 있는데."

"나도 심란해. 하지만 일어날 일이라면 미리 마음의 준비를 하는 편이 나아. 갑자기 들이닥치는 이별을 받아들이는 건 너무 힘드니까."

가호에게 따지듯 물은 것이 미안해졌다. 가호는 일상

대부분을 니농마카롱에서 보내왔으니, 내가 털실아이를 생각하는 것만큼 이 가게를 각별하게 생각할 텐데. 아무렇지 않을 리가 없었다.

"우리 엄마는 마이너스의 손이거든. 유행하는 디저트들로 가게를 몇 번이나 차렸는데, 전부 망했어. 유행은 너무 빨리 바뀌잖아. 이번엔 처음으로 유행을 따르지 않고 마카롱 가게를 차렸는데, 너도 알다시피 손님이 없어. 미도 네가 유일한 단골이야."

"……너희 가게는 사라지면 안 되는데."

나는 망연해져서 입꼬리가 쓱 내려갔다. 니농마카롱은 엄마의 유일한 낙이다. 그러니 이 가게만큼은 사라지지 않았으면 했다. 엄마는 이 거리가 산책하기에도 좋고 큰 도로에서 떨어져 있어 조용하고 평화롭다며 좋아했지만, 단골 카페나 식당이 없어서 아쉽다고 말하곤 했다. 나는 니농마카롱만은 이 골목에서 오래 살아남아 엄마가 마음을 둘 수 있는 단골 가게가 되길 바랐다.

나는 니농마카롱을 통해 한 장소의 단골이 되는 것의 기쁨을 알게 되었다. 늘 그 자리에서 같은 얼굴로 나를 맞아 주는 사람이 있다는 사실은 일상을 조금 더 가뿐하게 만들어 주었다. 이건 나의 지나친 노파심일지도 모르지만, 니농마카롱이 폐업하면 털실아이도 함께 사라질 것만 같았다. 엄마가 퇴원해 가게로 돌아왔을 때, 건너편에 붙은 '임대 문의' 현수막을 보면 더욱 기운이 빠질 테니까.

"그런데 너는 가게 쉬는 날인데 왜 나왔어?"

"나 여기 사는데?"

가호가 검지로 빌라를 가리켰다. 그 손끝을 따라가 보니 니농마카롱 건물의 3층이었다. 창문으로 털실아이가 바로 내려다보이는 위치였다. 가호는 가게에서 베이킹 연습을 하던 중이었다고 했다. 마침 피낭시에 토핑으로 올릴 마카다미아가 뚝 떨어져 마트에 다녀오는 길이었는데, 가게 앞을 수상쩍게 기웃거리는 나를 발견했다는 거다.

"그러면 저기 뜨개 가게 알아?"

나는 건너편에 있는 어두침침한 기운에 휩싸인 털실아이를 가리켰다.

"응, 매대 앞에 서 있으면 바로 보이니까. 들어가 본 적은 없지만. 우리 가게가 문 열었을 때부터 계속 닫혀 있었어. 저기도 폐업했나 봐."

"그런 거 아니야!"

나도 모르게 큰 소리가 나왔다. 가호는 뭐가 문제냐는 듯 어리둥절한 표정을 지었다.

"그게…… 사실 우리 엄마 가게야. 아파서 지금은 잠깐 쉬는 것뿐이야."

"그랬구나."

가호가 머쓱한 듯 바지 주머니에 손을 넣었다.

"어머니가……."

그러곤 잠시 망설이다 말을 이었다.

"크게 다치신 거야?"

"차가 전복될 정도로 큰 교통사고였어. 나도 타고 있었는데, 나는 멀쩡하고 엄마만 다쳤어. 갈비뼈랑 오른팔이 부러졌고 지금은 수술 마치고 회복 중."

나는 가호 뒤로 시선을 멀리 던지며 담담하게 말했다. 가호는 어떻게 유감과 위로의 말을 해야 할지 고민하는 것 같았다. 가호의 입술 사이가 살짝 벌어졌을 때 내가 말을 가로챘다.

"우리 가게, 들어가 볼래?"

내가 가호의 얼굴 앞에 열쇠를 들이밀었다. 야자수 키링과 열쇠가 부딪치며 맑은 쇳소리가 났다. 내 기억에는 없지만, 엄마 아빠의 신혼여행 겸 가족 여행으로 갔던

제주도에서 사 온 기념품이었다.

　오랜만에 들어간 가게에서는 쾨쾨한 먼지 냄새가 났다.
"여기 오래 있으면 건강이 안 좋아질 것만 같네."
내가 힘없이 중얼거렸다.

　가호는 신기하다는 듯 가게 곳곳을 둘러봤다. 부드러운 털실을 톡톡 건드리거나 두 손으로 감싸 쥐기도 했다.

"이 털 뭉치 촉감이 꼭 윤희 만지는 거 같네. 색깔도 그렇고."

　나는 풋, 하고 작게 웃음을 터뜨렸다. 하얀색과 갈색이 섞인 작은 털실 뭉치를 보고 있자니 정말 윤희의 어린 시절이 떠올랐다.

"윤희 처음 집에 왔을 때 딱 그 크기였는데."

"이렇게 작았다고?"

"상상이 안 되지? 눈 깜짝할 새에 쑥쑥 컸어. 어렸을 때 윤희가 얼마나 잘 먹었는지 알면 놀랄걸? 물론 지금도 덩치만큼 많이 먹지만."

　가호가 수직기의 페달을 밟았다. 탭탭, 경쾌한 소리가 울렸다. 수직기는 실을 수직으로 걸어서 천을 짜는 베틀이다. 엄마는 수직기로 내 키보다 긴 화려한 패턴의 테이블 매트를 만들기도 했다.

"너도 이런 거 할 줄 알아?"

"수직기? 말도 마. 나는 뜨개질도 못 해. 손재주가 꽝이거든. 대신 언니는 잘해."

"누나가 어머니의 손재주를 닮았나 보네."

나는 짧게 숨을 참았다. 언니와 엄마를 나란히 떠올렸다. 둘의 외모나 성격은 전혀 달랐지만, 손재주만큼은 꼭 닮아 있다는 것이 신기했다.

싱크대 위에 널려 있던 걸레로 테이블을 닦았다. 하얀 걸레에 손바닥 모양의 검정 얼룩이 생겼다.

"그래도 곧 가게 문을 다시 열겠네? 어머니 건강해지시면."

"잘 모르겠어. 사실 우리 엄마도 가게를 정리할 생각인 것 같아. 나는 싫은데. 이 가게, 할머니 때부터 이어져 온 거거든. 가족들의 추억이 많아."

어느새 테이블 건너편에 서 있던 가호가 나를 바라보며 말했다.

"그런데, 슬슬 출출하지 않아?"

니농마카롱 안에 들어와 본 건 처음이었다. 내부는 예상보다 훨씬 넓었다. 밖에서 볼 땐 몰랐는데 세로로 길쭉한 구조라 주방에 다섯 명쯤은 거뜬히 설 수 있을 정도였다.

"여기 앉아서 조금만 기다려."

가호가 접이식 의자를 꺼내 조리대 반대편에 펼치며 말했다.

가호는 달걀 세 개를 깨서 흰자와 노른자를 분리했다. 그 손놀림이 워낙 능숙해서 나는 절로 감탄이 나왔다.

"너 맨날 디저트 만드느라 학교 안 나왔구나?"

"어떻게 안 거야? 나 학교 결석하는 거."

"너 학교에서 유명해."

"유명하다고?"

가호가 놀란 얼굴로 버터 포장지를 벗기다 말고 나를 쳐다봤다. 그러곤 곧이어 냄비에 손바닥만 한 버터 두 덩이를 넣어 녹였다. 가게 안이 금세 버터 향으로 가득 찼다.

"장기 결석을 하는 수상한 아이로 유명하거든. 너희

담임 선생님이 네가 허리를 다쳤다고 했다던데, 지금은 괜찮은 거야?"

"선생님이 그렇게 말씀하셨대?"

그 물음에 나는 고개를 끄덕이며 목을 길게 빼고 냄비 안을 들여다봤다. 버터가 순식간에 갈색의 액체로 변해 있었다. 내가 신기한 눈으로 바라보자, 가호는 버터를 태워 헤이즐넛 버터를 만든 거라고 설명했다.

"뭐, 아주 틀린 말은 아니야. 작년 말에 다쳤거든."

그러곤 이번에는 밀가루 반죽을 하며 골똘히 생각하더니 이어 말했다.

"물론 허리는 아니지만."

어디를 다쳤던 건지 묻고 싶었지만, 가호의 부산스러운 움직임에 말이 쏙 들어갔다. 나의 질문을 차단하려는 듯했다.

가호가 헤이즐넛 버터를 체에 거른 다음 저울에 올려 계량했다. 중간중간 노트에 글과 숫자를 적었는데, 레시피를 기록하는 모양이었다. 이어서 버터와 반죽을 스테인리스 볼에 함께 넣고 고무 주걱으로 섞었다. 반죽이 든 볼을 랩에 씌워 냉장실에 넣은 가호는 뿌듯한 얼굴로 두 손을 털었다.

"이제 잠시 휴지하면 돼."

가호가 가볍게 목 스트레칭을 했다. 나는 슬쩍 레시피 노트를 가져와 읽었다. 가호는 딱히 신경 쓰지 않는다는 듯 내 앞에 앉아 턱을 괴었다.

"너 공부 잘하지?"

필기를 이렇게 정연하게 하는 걸 보면 분명했다. 글씨도 무척 가지런했다. 내 왼쪽 송곳니 옆에 난 덧니처럼 들쭉날쭉한 나의 글씨와는 확연히 달랐다.

"못하진 않는 거 같은데."

"그렇게 결석하는데도?"

내가 억울한 투로 물었다. 나는 내년 졸업식에서 삼 년 개근상은 이미 따 놓은 당상이었다. 그런데 학교를 밥 먹듯이 빠지는 가호가 나보다 공부를 잘한다면 왠지 분할 것 같았다.

"결석한다고 해서 공부를 안 하는 건 아니야. 인터넷 강의로 진도를 따라가고 있거든. 그리고 공부는 베이킹이랑 비슷한 거 같아. 문제라는 게 결국 여러 원리를 질서 있게 조합한 거니까. 재료와 계량만 정확하면 맛있는 과자와 빵을 만들 수 있는 것처럼, 문제 풀이도 마찬가지지."

"나는 공부도 베이킹도 못해서 뭔 말인지 잘 모르겠다."

내가 밉살맞게 구시렁댔다. 가호는 떨떠름한 얼굴로 희미하게 웃었다. 잘난 척처럼 들렸을까 봐 걱정하는 것 같았다.

"그런데 어쩌다 베이킹을 시작한 거야?"

"그런 질문 받은 건 처음이네."

가호는 입술을 우물거리다가 이야기를 시작했다. 가호의 어머니는 십 년 전 회사를 그만두고 디저트 가게를 차리기 위해 제과제빵 자격증을 땄다고 한다. 그 후 어머니가 디저트 가게를 열 때마다 가호는 평가자가 되어 시식했다. 그 모든 과정을 옆에서 지켜보다 보니 자연스럽게 디저트에 관심이 생겼다. 전학을 온 뒤로는 학교에 나가지 않고 집에서 머무는 시간이 길어졌고, 심심함을 달랠 만한 무언가가 필요했다. 그렇게 어머니와 함께 집에서 과자를 굽기 시작했다. 하다 보니 욕심이 생겨 본격적으로 베이킹 학원에도 다니게 되었다고. 지금 피낭시에를 굽는 것도 어제 학원에서 배운 내용을 복습하는 거라고 했다. 그제야 나는 능숙하게 반죽을 만들던 가호의 손놀림과 손등 상처들의 배경을 이해할 수 있었다.

"베이킹 학원에 다닌 지는 얼마 안 됐어. 사실 얼마 전부터 조리 고등학교에 가고 싶어진 거거든."

"조리고?"

나는 눈을 크게 떴다가 이내 표정을 가다듬었다. 일부러 아무렇지 않은 척 무신경하게 말했다.

"입시는 초중고에 다니는 십이 년 동안 한 번이면 족하지 않나……."

그렇게 말하면서도 속으로는 관심이 가는 예술고등학교의 교복을 생각했다. 몇 번이고 검색해 홈페이지를 들여다보고, 교복 사진을 휴대폰 갤러리에 저장해 두기까지 했다.

"출석률 때문에 가능성이 희박해 보이지만 도전은 해 보려고. 그런 점은 엄마를 닮았나 봐. 안 될 것이 뻔해 보여도 도전하는 거."

꿈을 향한 가호의 기세에 주눅이 들었다. 문득 윤아의 메시지가 생각났다.

'장기 결석이라니 간도 크다.'

가호는 간도 크지만, 용기는 그보다 더 큰 것 같았다. 친구들은 자기 몫으로 주어진 흙덩이를 이리저리 조각해 얼추 모양을 만들어 가는데, 내 것만 여전히 아무것도 되지 못한 채 투박하고 밋밋한 흙덩이로 남아 있었다. 하고 싶은 일에 주저 없이 뛰어드는 친구들을 볼 때면 나는 한없이 초조해졌다. 그 초조함은 나를 쉽게 뒤흔들었다. 남을 부러워하게 만들었고 그 끝에 나는 한없이 작아졌다. 그러다 보면 일부러 속없는 척 연기를 하며 상대방을 띄워 주고 칭찬하게 된다.

"네가 원하는 대로 될 거야, 장담해."

가호는 얼굴을 살짝 붉히며 한 손으로 목덜미를 쓸어내렸다. 다행히 새카만 속내를 들키지 않은 것 같았다.

가호가 냉장고에서 둥근 보름달 같은 반죽을 꺼냈다. 크기는 아까와 크게 다르지 않았다. 피낭시에는 베이킹 파우더 없이 달걀의 힘으로 부풀기 때문에 반죽을 휴지해도 눈에 띄게 부풀진 않는다고 가호가 설명했다. 꼭 베이킹 수업을 듣는 기분이었다.

생각해 보면 윤아도, 가호처럼 자신이 관심 있는 분야에 환했다. 윤아는 세상의 모든 다큐멘터리를 섭렵할 기세로 매일 무언가를 시청했다. 이름을 외우기도 어려운 외국 감독들의 이름을 줄줄 읊었고 촬영 기법에 대해서도 모르는 게 없었다. 반면 나는 중학교에 올라온 뒤부터 공부를 핑계 삼아 오히려 책을 멀리했다. 글에 대한 열망이 내 생각보다 진지하지 않은 건 아닐까 의심하기도 했지만, 사실은 진심을 다해 동화를 썼을 때 나에게 재능이 없다는 사실을 마주하게 될까 봐 두려웠다. 꿈이 송두리째 짓밟히느니 도전하지 않은 채 '가능성이 있는 상태'에 조금이라도 더 머물고 싶었다. 그래서 비겁하게 도망치고 있었다.

가호가 휴지한 반죽을 짤주머니에 담아 틀에 짜 넣었다. 직사각형의 틀 안에 구불구불 애벌레처럼 반죽이 채워졌다. 그 모습을 신기하게 바라보고 있던 나에게 가호가 짤주머니를 내밀었다. 피낭시에를 망칠 것 같아 손을 휘휘 저었지만, 한 번 더 권유하자 결국 호기심을 못 참고 짤주머니를 덥석 받아 들었다. 열두 개의 틀을 반씩 나눠 반죽을 채웠다. 내가 담당한 쪽은 너무 어설퍼서 딱 티가 났다.

"미안."

"괜찮아. 어차피 오븐에 넣으면 반죽이 부풀어서 이 모양 그대로 나오진 않아. 그리고 토핑으로 가리면 돼."

가호가 토핑 재료를 꺼냈다. 마카다미아와 화이트초콜릿이었다.

"사실 나는 단것 별로 안 좋아해."

아차 싶어 서둘러 덧붙였다.

"니농마카롱은 좋아하지만. 그건 정말 특별한 맛이야."

"맞아, 너 마카롱 먹을 때 정말 황홀한 표정을 짓더라."

내가 그렇게 표정을 숨기지 못하는 사람이었나. 나만 가호를 바라보고 있는 줄 알았는데. 그런 생각이 들자 어깨가 저절로 말려들었다.

가호의 제안으로 내가 짠 반죽 위에는 마카다미아만 올렸다. 반면 가호는 마카다미아 대신 화이트초콜릿을 넘치도록 올렸다.

"너…… 단것 진짜 좋아하는구나?"

"이왕 먹을 거면 제대로 먹어야지."

마른 몸과 달리 고열량을 좋아하는 식성이 의외였다. 곧 기지개를 켜듯, 오븐에서 고소하고 달콤한 냄새가 뻗어 나오자 저절로 침이 고였다.

한 해의 마지막 날, 우리만의 작은 시식회가 열렸다. 피낭시에 겉은 버터가 찐득하게 스며 있어 쫀쫀했고 속은 촉촉했다. 정말 가호의 말처럼 그리 달지 않아 술술 넘어갔다. 거기에 흰 우유 한 잔을 곁들이니 저녁을 걸러도 될 정도로 배불렀다. 나는 마치 심사위원처럼 피낭시에를 평가했고, 맛 칼럼니스트라도 된 듯 풍미를 묘사하려 애썼다.

"그러니까, 이 피낭시에는 한 입으로는 끝낼 수 없는 맛이라는 거야."

"넌 전혀 도움이 안 돼."

가호가 도리질을 했다. 나는 온갖 좋은 말을 끌어다 붙이며 칭찬만 늘어놓았다. 하지만 진심으로 갓 구운 피낭시에는 정말 맛있었다.

"이 정도 실력이면 실기에서 만점 받고 조리 고등학교에 합격하겠는걸?"

"실기는 안 봐. 내신이랑 면접, 요리 관련 활동으로 평가해."

"그런데 학원까지 다니는 거야?"

내가 의아해하며 물었다.

"입시를 떠나서 배우고 싶으니까. 그리고 만에 하나 정말 붙는다면, 다른 아이들에게 뒤처지면 안 되잖아. 그 고등학교에 못 가도 베이킹은 계속할 거니까 배워 두는 게 좋고."

스스로 길을 선택하고, 그 선택의 몫에 꾀부리지 않고 최선을 다하는 가호는 어른스러워 보였다. 나는 일찍이 그런 성숙함을 지닌 친구들을 동경해 왔다. 그러나 정작 내 손에 그것을 쥐는 방법은 알 수 없었다. 한편으로는 조금 더 중학생에 머무르고 싶기도 했다. 내 마음의 추가 두 마음 사이를 왔다 갔다 했다.

나는 피낭시에를 두 개 남겼다. 반면에 가호는 여섯 개를 남김없이 다 먹었다. 아까 가호가 냄비에 넣었던 버터의 양이 떠올랐다. 칼로리가 무시무시할 것 같았다. 매일 베이킹 연습을 하고 자기가 만든 디저트를 먹는다더니, 아무래도 가호는 살이 안 찌는 체질인지도 몰랐다.

밖에는 어스름이 깔리기 시작했다. 가호가 남은 피낭시에를 포장했다. 마카롱을 포장할 때처럼 리본도 가지런히 묶었다. 베이킹을 하려면 저 정도 섬세함은 있어야 할 것 같았다.

나는 가호의 긴 손가락을 바라보며 말했다.

"그런데 아까 그 말 진짜야?"

"뭐가?"

"가게 문 닫는다는 말."

"글쎄, 아직은 모르겠어. 나도 내 예상이 빗나가면 좋겠어. 엄마의 가게가 문 닫는 건 많이 봤지만, 이 가게는 나에게도 조금 특별하거든."

나는 '특별하다'라는 말에 담긴 의미를 짐작할 수 있었다. 니뇽마카롱은 가호에게 새로운 꿈을 선물한 장소였다. 그런 장소가 사라진다면 분명 마음이 아플 것이다.

가호가 건너편 털실아이를 넌지시 바라보며 물었다.

"너는? 너희 가게가 문을 닫으면 어떨 거 같아?"

"아직은 폐업하는 걸 상상도 할 수 없어. 그렇지만 만약 정말 털실아이가 문을 닫는다면……."

공허하겠지. 그리고 나만의 생각일 수도 있지만, 털실아이가 폐업하면 우리 가족의 일부도 무너져 내릴 것 같아. 그런 불길한 예감이 좀처럼 떨쳐지지 않아 뒷말은 차마 하지 못했다.

그때 갑자기 머릿속에서 반짝하고 섬광이 스쳤다. 언젠가 윤아가 나에게 보여 준 다큐멘터리가 생각났다. 가업을 잇는 세계 여러 나라의 청년들에 관한 이야기였다. 윤아는 영상 링크와 함께 '업을 잇는다는 건 우리와는 먼 이야기고, 심지어 미야자키 하야오도 아직 후계자를 못 구했다지만 그래도 멋있네'라는 메시지를 보내왔다. 별점은 5점 만점에 4점이었나. 야박한 평론가인 윤아가 4점을 주는 일은 드물었다. 나도 엄마에게서 바통을 넘겨받아 털실아이를 지켜 나갈 수 있지 않을까. 동시에 쇠락해 가는 이 골목의 상권을 되살릴 만한 기막힌 아이디어가 떠올랐다.

"아니지, 왜 가게가 폐업할 거라는 생각만 하는 거야? 우리가 가게를 살려 보자."

이런 용기가 갑자기 어디서 나온 걸까? 평소의 나로서는 상상도 할 수 없는 일이었다. 용기의 동기가 무엇이든, 나는 지금 가게를 살리기 위해 내가 할 수 있는 일을 하고 싶었다.

"우리가 무슨 수로 살려."

가호는 당황스러워하며 조리대에 기대섰다.

"나만 믿어 봐. 협조할 거지?"

가호는 아무 말 없이 석연찮은 표정을 짓기만 했다.

"너 때문에 윤희가, 내 동생, 우리 가족 윤희가 하마터면……."

내가 다소 과장된 연극적인 투로 말했다.

"알겠어! 뭔지 모르겠지만, 내가 할 수 있는 건 할게."

역시, 윤희 이야기가 먹힐 줄 알았다. 우리는 서로 연락처를 주고받았다. 재미있는 일이 시작되기 직전의 두근거림이 느껴졌다.

"내 피낭시에, 맛있게 먹어 줘서 고마웠어."

"나야말로 고마웠어, 셰프."

우리는 새해 인사를 나누고 헤어졌다. 고작 일주일 전

만 해도 크리스마스 인사조차 닿지 않았는데, 가호와 나 사이의 변화가 새삼스러웠다. 몇 걸음 가다 말고 나는 뒤를 돌았다. 가호는 여전히 나를 바라보고 있었다. 그제야 잊고 있던 선물이 생각나 다시 가호를 향해 걸어갔다.

"가호야, 이거 받아."

내가 뜨개 마카롱이 든 상자를 내밀었다. 가호가 준 상자와 달리 리본이 못생기게 묶여 있었다. 리본 하나 예쁘게 매지 못할 정도로 나는 손재주가 꽝이었다.

"이게 뭔데?"

가호가 뜨개 마카롱 하나를 꺼내 이리저리 살폈다. 손가락 두 마디쯤 되는 보라색 뜨개 마카롱이었다.

"귀엽다."

"우리 엄마가 너희 가게 마카롱 정말 좋아해. 그러니까 니농마카롱이 사라지지 않았으면 좋겠어."

가호가 고개를 숙이며 은은한 미소를 띠었다. 긍정인지 부정인지 알 수 없었지만, 노력해 보겠다는 의지로 해석하고 싶었다.

피낭시에 시식회

집에 들어와 보니 매콤한 생선조림 냄새가 가득했다. 가족들은 이미 저녁을 먹은 후 각자 시간을 보내는 중이었다. 아빠는 서재에서 일을 하고 있었고, 언니는 거실에서 예능 프로그램을 보고 있었다. 윤희는 계단 앞에 깔린 부드러운 카펫 위에서 졸고 있었다.

그래도 한 해의 마지막 날인데 일찍 들어와 저녁을 같이 먹지 그랬냐며 언니가 잔소리를 늘어놓았다. 나는 입막음하듯 피낭시에를 내밀었다. 언니는 다이어트를 걱정하면서도 피낭시에를 순식간에 먹어 치웠다.

"맛있네. 그 케이크 산 데서 사 온 거야?"

언니는 가호가 사과의 의미로 준 빅토리아 케이크의 출처를 알지 못했다.

"케이크랑 피낭시에 둘 다 사 온 거 아닌데. 같은 사람이 만든 거야."

"누구? 친구? 아는 사람이라도 있어?"

"있어, 베이킹에 큰 뜻이 있는 친구."

"그러니까 누구냐니까? 윤아는 아닐 거잖아."

언니가 본격적으로 캐묻기 시작하자 나는 슬쩍 화제를 돌렸다.

"언니, 혹시 미술 학원 아르바이트 자리는 구했어?"

내 말에 언니가 설렁설렁 고개를 젓더니, 요즘은 아르바이트 자리 구하는 것도 쉽지 않다며 한탄했다.

"나한테 계획이 있는데 들어 볼래? 언니 아르바이트 자리도 보장해 줄 수 있어."

나는 언니의 입꼬리에 묻은 빵가루를 떼어 내며 말했다.

"네가? 내 아르바이트 자리를?"

언니가 수상하다는 듯 나를 바라봤다. 나는 계획을 일부 축약해 말했다.

"혹시 이거 뇌물이었니?"

언니가 피낭시에가 담겨 있던 상자를 흔들었다.

"그런 셈이지."

"발칙하군, 난 거절. 혼자 잘해 봐. 내가 이 나이 먹고도 너랑 놀아 줘야 하니? 공미도도 이제 다 큰 줄 알았는데……."

나이 차이가 꽤 나다 보니 언니 눈에는 아직도 내가 어린아이로 보일 것이다. 언니는 나를 업어 키웠다고 했다. 물론 내가 기억하지 못하는 시절의 일이라 사실인지는 알 수 없다. 다만 초등학교 저학년 때까지만 해도, 언니가 나를 무척 귀여워했던 기억은 있다. 나는 언니가 학원에 갈 때마다 따라가고 싶어 했다. 언니를 따라 그림을 그리는 것도 좋았고, 무엇보다 언니의 토슈즈가 탐났기 때문이다. 당시 중학생이던 언니는 귀찮을 법도 한데 매번 나를 학원에 데려가 주었고, 친구들과 놀 때도 종종 끼워 주었다.

"이 계획은 언니가 없으면 시작도 못 한단 말이야."

보호자 역할을 해 줄 사람이 필요했기에, 언니는 이 계획에 필수적인 인물이었다. 언니가 합세하지 않으면 아빠는 털실아이의 재개업을 절대 허락하지 않을 테니까.

언니는 방학 동안 할 게 그렇게 없다며 3학년 예습만 해도 시간이 빠듯하다고, 늘 하던 레퍼토리의 잔소리를 늘어놨다.

"소중한 겨울 방학을 그렇게 써 버려도 되는 거야?"

"내 방학은 내가 알아서 할게."

"얼씨구."

"아, 언니!"

언니가 나의 끈질긴 시선을 피하려는 듯 휴대폰을 들여다보며 빠른 손놀림으로 톡을 보냈다. 채팅방에 애교스러운 동물 이모티콘이 난무한 걸로 보니 상대는 분명 태호 오빠였다.

"제발, 이번만. 언니, 제에발!"

내가 막무가내로 언니의 휴대폰을 빼앗았다.

"공미도, 난 안 된다고 했다. 그거 얼른 내놔."

언니가 짜증을 억누르며 말했다.

자매 아니랄까 봐, 내가 한 고집하는 만큼 언니는 언니대로 단호했다. 내가 휴대폰을 놓지 않자, 언니는 내 손에서 그것을 다시 낚아채고는 이모티콘을 골라 전송했다.

"지금까지 태호 오빠랑 여행 다녔던 거 무덤까지 비밀로 할게. 앞으로 외박할 때마다 군말 없이 말 맞춰 줄게."

"야!"

언니가 소파에 기대고 있던 등을 곧추세웠다. 아빠의 서재를 빼꼼 보더니, 목소리를 낮춰 말했다.

"그런 건 좀 조용히 이야기해."

"그럼 하기로 한 거다?"

내가 억지로 언니의 손을 잡았다. 언니가 긴 한숨을 내쉬었다.

"……대신 주말은 안 돼. 귀찮거나 성가신 일 생기면 나는 바로 손 뗄 거야."

"그렇고말고, 데이트 날은 안 건드릴게. 내가 보장해."

나는 바로 서재로 달려가 문을 두들겼다. 안에서 들어

오라는 아빠의 목소리가 들렸다. 문을 열고 문턱에 쭈뼛쭈뼛 서 있자, 아빠가 벽시계를 보며 말했다.

"미도, 정말 저녁 안 먹어도 되겠어? 이따 야식 먹는 거 아니야?"

"밖에서 배부르게 먹고 왔어요."

언니에게 말할 때와는 달리, 아빠 앞에서는 입이 쉽게 떨어지지 않았다.

"아빠…… 가게 문 다시 열면 안 돼요?"

"엄마 퇴원하면."

나긋하지만 그 속에 단단한 심지가 박힌 목소리였다.

"그럼 단골들 다 잃어요. 제가 가서 청소도 하고 매장 관리도 할게요. 실 사러 오는 손님 정도만 받을게요. 다른 건 안 하고, 딱 그거만."

"엄마한테는 말했니?"

"말은 해 놨어요."

허락을 받은 것도, 칼같이 거절당한 것도 아니었다. 그래도 어쨌든 엄마에게 가게 문을 다시 열고 싶다는 말은 꺼냈으니, 거짓말은 아니었다.

아빠는 잠시 말이 없었다.

"언니도 같이하기로 했어요! 방학 동안 아르바이트

다시 구해야 한다고 했는데, 그냥 가게 일 돕겠대요.”

내가 필사적으로 말했다.

“겨울 대목에 도와 달라고 사정해도 끝까지 안 도와 줬던 애가?”

아빠가 한쪽 눈썹을 비스듬히 올렸다.

“미주! 이리 와 봐라.”

내가 마땅한 대답을 못 하자 아빠는 의자를 빼고 거실을 향해 외쳤다.

언니가 느적느적 걸어와 문에 몸을 기대섰다. 윤희는 자기를 부른 줄 알았는지 언니를 따라 방 안으로 들어왔다. 예나 지금이나 눈치가 없는 편이었다.

“미도가 하는 말, 진짜야? 네가 미도랑 같이 가게 일 봐줄 거야?”

언니는 나를 흘겨보고 길게 한숨을 쉬더니 말했다.

“네, 요즘 아르바이트 구하기도 힘들어서요. 어떻게 보면 전공과도 관련이 있으니까 여러모로 도움이 되지 않을까요?”

아빠가 창문 밖을 응시했다. 허락해 줘야 할지 고민하는 것 같았다. 달이 밝아서 그런지 하늘은 오묘한 보라색으로 물들어 있었다.

'멘트 좋다.'

내가 언니에게 입 모양으로 말했다. 언니는 아빠 몰래 꿀밤 때리는 시늉을 했다. 그사이 아빠는 피곤한 듯 안경을 벗고 미간을 문질렀다. 콧대 양옆에 안경 자국이 붉게 남아 있었다.

"어차피 엄마가 가게를 정리할 생각이라면, 미리 재고 처리하는 게 좋잖아요. 그대로 두면 손해니. 마침 겨울이니까 지금 있는 것들 소진될 만큼은 팔릴 거예요."

언니는 내 계획을 완전히 반대로 받아들이고 있었다. 나는 가게를 살리려고 다시 문을 열자는 건데, 언니는 가게 문을 닫기 위한 재고 정리로 제멋대로 이해했다. 아빠를 설득하려는 말이라 해도 너무 냉정하게 느껴져 서운했다. 가만, 언니는 엄마가 가게를 정리할 생각이라는 걸 알고 있다. 언니는 정말 엄마와 연락했거나 만났던 걸까?

아빠는 덤덤한 얼굴로 "그것도 그렇네" 하고 말했다. 어찌 되었든 언니의 마지막 말이 결정타가 된 듯했다.

"다른 행사 없이 틸실 판매만 하면 복잡한 일은 없겠지…… 기본 매뉴얼은 둘 다 잘 알고 있을 테지?"

나는 세차게 고개를 끄덕였다. 고대하던 허락을 받아

냈는데도, 이상하게 마음이 기쁘지 않았다. 슬슬 내가 벌인 일의 무게가 느껴져서인지도 모르겠다.

정상
영업합니다

"지금 구도 완전 다큐 같아."

윤아의 얼굴은 카메라 뒤에 가려져 보이지 않았다.

"무슨 다큐?"

나는 테이블에 턱을 괴고 물었다. 볼이 눌려 화면에 얼굴이 못나게 나올 것 같았지만 개의치 않았다. 새해가 된 지도 벌써 일주일이 지났고, 오늘은 털실아이 재오픈 첫날이었다. 하지만 놀랍게도 아무 일도 일어나지 않았다. 그래서 윤아가 찍은 이 영상은 통편집될 가능성이 높았다.

"뭐겠어, 휴먼 다큐지. 타이틀은…… 실을 잇다, 가업을 잇다. 뜨개 자매 이야기! 어때? 네이밍 센스 죽이지?"

"좋다. 네가 전에 보내 준 다큐 같아. 가업을 잇는 청년들인가, 그거."

속으로는 제목이 너무 담백해서 다큐멘터리로서는 매력이 떨어진다고 생각했지만, 윤아의 말에 대강 맞장구를 쳐 주었다.

"그거의 후속작인 거지."

"아류는 아니고?"

내가 눈을 가늘게 뜨고 얄미운 표정을 지었다.

"에헤이, 미래가 기대되는 피디의 첫 작품인데 그런 말을 하면 쓰나!"

윤아는 '작품'이라는 단어에 유난히 힘을 주었다.

"나중에 내가 세상에 이름 날리기 시작하면, 이 영상은 유튜브에서 역주행할 거야. 그럼 진윤아 피디는 떡잎부터 달랐다는 댓글이 줄줄이 달리겠지."

털실아이 재오픈 소식을 전하자, 윤아는 프로젝트에 참여하겠다고 나섰다. 그것도 꽤 적극적으로. 여름까지 가게에 자주 드나들었으니 반가운 마음이 컸을 것이다.

윤아는 가게에 도착하자마자 카메라를 들고 대중없이 영상을 찍기 시작했다. 니농마카롱의 외관과 내부를 영상에 담았을 뿐 아니라 기특하다며 레모네이드 석 잔을 주고 가신 사장님에게도 카메라를 들이밀며 인터뷰를 청했다.

윤아는 마음에 드는 구도나 피사체의 표정 혹은 빛의 움직임을 포착할 때면 흥분해서 호들갑을 떨었다. 다만 카메라를 조작하는 손놀림은 어딘가 어설퍼 보였다. 전문가용까진 아니었지만, 브이로그를 찍는 유튜버들이 쓸 법한 휴대성 좋은 캐논 카메라였다. 지난 학기에 등수를 새로 갱신해 그 보상으로 부모님께 받은 것이라는데, 저 조그만 카메라가 무려 삼십만 원이 훌쩍 넘는다고 했다.

"아우, 정신 없어. 여기가 너희 놀이터니?"

언니는 속에서 끓어오르는 무언가를 참는 듯한 표정을 지었다. 내 친구들과 처음 만났을 때만 해도 언니는 상냥했다. 하지만 그것도 잠시뿐이었다. 오늘은 손님 보기는 글렀다며 마감할 때 다시 오겠다고 말하고는 가게를 박차고 나갔다.

가게 문을 연 지 반나절이 지났지만, 언니의 예상대로 손님은 깜깜무소식이었다. 나는 남은 레모네이드를 모조리 마셔 버렸다. 안 그래도 밍밍한 레모네이드였는데 얼음이 녹아 맛이 더 희미해졌다. 마치 오지 않는 손님을 기다리는 맹숭맹숭한 내 기분을 희석한 것 같은 맛이었다.

정적을 깨고 윤아가 다시 카메라를 꺼내 들었다.

"자, 다시 주인공 인터뷰. 파리 날린다는 말은 이럴 때 쓰는 것 같은데요. 지금 심정이 어떠시죠?"

"질문이 너무 별로인데요? 인터뷰 거절할게요, 진윤아 피디님."

"컷, 컷. 협조 좀 해 주시죠? 지금 쓸 만한 영상이 하나도 없거든요?"

걱정스러운 말과 달리 윤아는 카메라를 개시했다는 사실에 들떠 보이기만 했다. 윤아까지 기운 없이 처져 있는 것보다는 차라리 저렇게 속없이 구는 편이 나았다.

"그러면 가호 먼저 하자. 과연 마카롱이 인기가 있을까? 맛 설명이라도 해 봐."

윤아가 갑자기 카메라를 돌려 내 옆에 앉아 있던 가호를 프레임에 담았다. 가호는 화들짝 놀라 카메라와 눈도 못 마주치고 눈동자만 굴렸다. 엄마와 함께 마카롱을 구워 왔을 뿐인데 이런 식으로 카메라 앞에 설 줄은 몰랐던 것이다. 윤아가 이번에는 가호가 간식으로 챙겨 온 모양이 망가진 마카롱과 크럼블에 카메라를 들이댔다.

"그게…… 이 마카롱은……."

가호는 어떻게든 대답하려고 애썼지만, 카메라 앞에서 얼음이 되고 말았다. 윤아의 손동작을 보니 줌인하는 것 같았다. 화면 가득 들어찼을 가호의 얼굴을 떠올리자 피식 웃음이 나왔다.

윤아와 가호는 오늘 처음 만났다. 윤아는 가호를 보자마자 "아! 마카롱 소년!" 하고 외쳤고, 나는 화들짝 놀라 윤아의 입을 틀어막았다. 가까스로 그 별명에 관해서는 가호에게 들키지 않고 넘어갈 수 있었다. 그래도 쾌활하고 붙임성 좋은 윤아 덕에 어색할 틈 없이 둘은 금방 편하게 대화를 나누게 되었다. 물론 대화를 시작하고 이끄는 쪽은 전적으로 윤아였지만.

"모르겠어! 그냥 나는 찍지 말아 줘!"

가호가 손사래를 쳤다.

"재미없긴. 오늘 인터뷰는 글렀다, 글렀어."

윤아는 인터뷰 촬영을 포기한 대신 인서트 컷이 필요하다며 가게 안을 훑기 시작했다. 털실과 창문, 작은 개수대, 수직기를 줌인해 여러 각도로 영상을 찍었다. 심지어 윤희가 자는 모습도 놓치지 않았다. 사정 끝에 언니의 허락을 받아 가게에 함께 온 윤희는 햇빛이 잘 들이치는 창가에 누워 귀를 몇 번 쫑긋하기만 하고 카메라를 완전히 무시했지만. 내가 인서트 컷이 뭐냐고 묻자, 윤아는 "장면과 장면 사이의 징검다리가 되어 주는 컷이야.

정상 영업합니다

중요한 복선을 암시하거나 영상에서 의미 있는 사물을 클로즈업해서 찍는 거지"라고 전문가처럼 설명해 줬다. 그렇다면 아까 윤아가 공들여 찍던 망친 마카롱 부스러기와 윤희도 중요한 복선이 된다는 걸까? 나는 속으로 의문을 굴렸다.

"우선 여기서 녹화 중지."

드디어 윤아가 카메라에서 눈을 떼고 나를 바라봤다. 오늘 처음으로 윤아와 제대로 눈을 맞췄다.

"뭐 해? 슬레이트 안 쳐? 예능 같은 데서 봤을 거 아니야."

나는 기운 없이 박수를 한 번 크게 쳤다. 그 소리에 윤희가 잠시 눈을 떴다가 다시 잠에 빠져들었다. 정말이지 지루한 겨울의 낮이었다.

⚰ ⚰ ⚰

피낭시에를 만들었던 그날 밤에는 '기막힌 아이디어'라고 믿었는데, 막상 실행에 옮기고 보니 말 그대로 기가 꽉 막히는 아이디어였다.

계획의 첫 번째 단계는 틸실아이의 부활과 홍보였다. 그동안 틸실아이는 인스타그램을 운영하지 않았다. SNS

를 적극 활용해 재오픈 소식을 알려서 단골들을 다시 불러 모으는 동시에 새로운 손님의 유입까지 꾀하겠다는 구상이었다. 여기서 언니의 도움이 필수적이었다. 언니는 SNS 활용에 능했다. 워낙 사교적이고 피드를 잘 꾸미는 편이라 팔로워 수만 해도 천 명에 이르렀다. 언니는 자신의 SNS에 털실아이를 홍보했을 뿐만 아니라, 털실아이 전용 계정도 새로 만들어 줬다. 또 뜨개질하는 모습을 타임랩스로 촬영해 각종 해시태그와 함께 게시했다.

두 번째 단계는 섬유 공예 전공자인 언니를 내세워 엄마가 운영하던 뜨개 강좌를 다시 여는 것이었다. 언니는 강좌까지 맡으면 시간을 많이 뺏긴다면서 툴툴거렸지만, 나는 원데이 클래스로 들어오는 수입은 원자잿값을 빼고 전부 언니 몫이라고 꼬드겼다. 아르바이트를 구하는 것보다 더 쏠쏠하지 않겠냐면서. 게다가 근무 시간도 비교적 자유롭고 새로 일을 배울 필요도 없으니 '꿀 아르바이트' 아니냐고 설득했다. 결국 언니는 나에게 져줬다.

세 번째 단계는 털실아이와 니농마카롱의 협업이었다. 니농마카롱에서 요일마다 특정 색깔의 마카롱을 지정하면, 털실아이에서는 그날의 마카롱 색과 같은 계열의 털실을 할인된 가격에 판매한다. 이를테면 오렌지 마카롱의 날인 화요일에 그것을 구매한 후 털실아이에 들르면 주황색 계열의 털실을 할인된 가격에 살 수 있는 것이다. 반대로, 털실아이에서 오렌지색 계열의 털실을 먼저 구매해도 마카롱이 할인된다. 그리고 가호가 만든 과자를 털실아이에서 맛보기로 제공해 손님들에게 니농 마카롱을 적극적으로 소개하기로 했다. 뜨개 수업을 마친 수강생들이 출출함을 달래기 위해 자연스레 니농마카롱으로 발길을 옮기도록 유도하기 위해서였다. 다행히 가호의 어머니도 이 계획에 흔쾌히 동참하겠다며 힘을 실어 주었다.

무엇보다 계절이 우리의 편이었다. 추운 겨울에는 두툼한 털실로 만든 걸 두르게 마련이고, 체온을 유지하려면 에너지 소모가 많아서 달콤한 디저트가 더 끌리는 법이니까.

그러나 이 모든 건 잘 꾸며진 동화 같은 이야기였다. 언니가 올린 게시물에 하트를 눌렀던 친구들은 다 어디로 간 걸까? 물론 털실아이 계정의 팔로워는 아직 열두 명에 불과해 홍보 효과를 기대하기는 이른 감이 있었다. 더욱이 오늘은 재오픈 첫날이기도 하니까. 벌써부터 좌

절할 필요는 없었다. 털실아이의 문을 닫을 거라고 말하던 엄마의 슬픈 눈이 떠오를 때면 마음이 조급해지기도 했지만, 이번 겨울 방학은 길었다. 단골들만 다시 돌아와도 털실아이는 금세 되살아날 것이었다. 그러면 니농마 카롱도, 이 골목도 금방 활기를 띠지 않을까. 나는 밝은 쪽으로 생각을 고쳐먹었다.

윤아가 슬슬 학원에 갈 채비를 했다. 그러면서도 자기가 간 후에 손님이 올 것 같다며 학원에 빠질지 말지 고민을 했다. 이 촬영에 윤아가 얼마나 진심인지 알 수 있었다.

"영상을 짧게 편집해서 예고편처럼 릴스 만들어 볼게. 촬영도 허락받았으니, 나도 뭔가 도움이 되고 싶어."

윤아는 카메라를 전용 가방에 조심스럽게 넣으며 말했다.

"그래 주면 고맙지."

"귀여운 윤희를 내세우면 관심 갖는 사람들이 있을 거야."

"좋은 생각이야."

가호가 동의하며 윤아에게 크럼블을 두 개 챙겨 줬다.

윤아는 가게를 나가려다 말고 뒤돌아서더니 양손의 엄지와 검지를 맞대 투명 카메라를 만들었다. 그러곤 가호와 나를 향해 내밀었다.

"다큐 제목 그냥 '마카롱 소년'으로 할까……."

"야, 너 학원 늦는다!"

내가 소리치자, 윤아가 과장되게 놀라는 척했다.

"나 진짜 간다! 크럼블 땡큐!"

윤아의 모습이 까만 점이 되어 사라질 때까지, 가호와 나는 아무 말도 하지 않았다. 그사이 윤희가 일어나 기지개를 켜더니 강강술래를 하듯 우리 둘 주위를 빙글빙글 돌았다.

"쟤가 학교에서는 조용하다고?"

가호가 믿을 수 없다는 투로 나지막이 물었다.

"믿기지 않겠지만, 학교에서는 데시벨이 낮은 편이야. 주로 엎어져 자거든."

"그런데 마카롱 소년은 뭐야?"

"……그런 게 있어."

나는 잽싸게 말을 바꿨다.

"아니, 나도 몰라."

"둘이 너무 다른데 친구인 게 신기하단 말이지."

"나도 신기해."

윤아는 2학년에 올라와 사귄 친구였다. 학기 첫날 자리 배치를 위한 제비뽑기를 하기 전, 딱 십 분 동안 우연히 옆자리에 앉게 되었다. 그런데 바로 그다음 쉬는 시간에 윤아가 나를 찾아와 생리대를 빌려 갔다. 다음 날, 윤아는 생리대를 두 배로 갚았다. 그런데도 자리로 돌아가지 않고 나를 빤히 바라보더니 "오늘 점심 로제 떡볶이래" 하고 말했다.

"좋네."

내가 별 뜻 없이 말했다.

"……오케이, 접수."

그렇게 우리는 점심을 함께 먹는 사이가 되었다. 자연스럽게 수행 평가와 등하교도 함께하게 되었다. 윤아와는 개그 코드나 대화의 결이 잘 맞아 오래갈 수 있을 것 같다는 예감이 들었다. 무엇보다 모든 걸 대수롭지 않게 받아들이는 윤아의 태도는 나를 편안하게 만들어 줬다. 끙끙 앓고 있던 고민을 털어놓으면 윤아는 경청하다가도 "그게 무슨 고민이라고, 그냥 질러 버려!" 하고 말하며 내 안에 꽉 막혀 있던 응어리를 대신 멀리 차 버려 주곤 했다.

그래서 윤아에게만큼은 내가 재혼 가정이라는 사실도 스스럼없이 말할 수 있었다. 그 이야기를 친구에게 털어놓은 건 처음이었다. 하지만 윤아는 언제나처럼 "그렇구나" 하고 전과 다름없이 나를 대했다.

서로에 대해 알아 갈수록 태도가 바뀌는 친구들이 있었다. 장점을 발견하면 우호적으로 대하고, 약점을 발견하면 거리를 두기도 했다. 윤아는 달랐다. 상대방에 대해 알게 되는 사실들을 장단점으로 구분하지도, 판단하지도 않았다. 그저 그 사람을 이루는 한 조각으로 받아들였다. 나는 사람을 쉽게 재단하지 않는 윤아가 좋았다.

하지만 윤아와의 관계에도 유통 기한이 있을 가능성이 높았다. 아마 일 년쯤. 나는 친구를 사귀는 데에는 큰 어려움이 없었지만, 언제나 지속성의 문제를 겪었다. 지금껏 내가 맺어 온 관계들의 유통 기한은 하나같이 일 년이었다. 반 배정 운도 썩 좋지 않았다. 친해진 친구와 연속으로 같은 반이 된 적이 거의 없었다. 그렇게 학년이 바뀌고 반이 갈리면, 작년에 어울렸던 친구와 복도에서 우연히 마주쳐도 "오오, 안녕" 하고 어색하게 인사를 나누는 사이로 전락하곤 했다. 반이 달라져도 마음만 먹으면 쉬는 시간에 복도에서 만나거나 학교 밖에서 어울리며 연을 이어 갈 수 있었겠지만, 나는 한 번도 그러지 못했다. 어쩌면 내가 그 친구들과 겉으로만 친해서 그랬던 건 아니었을까.

가장 친하다고 여기는 윤아마저도 가끔 낯설게 느껴질 때가 있었다. 처음 보는 표정으로 집중해서 다큐를 볼 때나 내가 모르는 주제로 다른 친구와 대화를 나눌 때. 그러면 괜히 불안해졌다. 결국 또 끝나겠구나, 하고 섣부르게 비관했다. 친구와 수년 동안 관계를 이어 나가는 아이들을 보면 부러웠다. 깊게 관계를 맺는다는 건 어떤 느낌일지 궁금했다.

이 고민을 언니에게 털어놓은 적이 있었다. 언니는 내가 책을 너무 많이 읽은 탓이라고 했다. 책 속 인물들의 마음을 섬세하게 좇듯이 실제 사람의 마음도 읽어 내려 해서 그런 거라고. 사람의 진심은 자기 자신도 정확하게 알 수 없기 마련인데, 내가 그런 모호함을 견디지 못해서 지레 겁먹고 도망친다고 했다.

생각해 보면 나는 학교에서 친구들의 마음을 이리저리 해석하느라 진을 뺐고, 매 순간 눈치를 보느라 너무 많은 시간을 허비했다. 끙끙 앓을 바에는 직접 물어보면 될 일이었지만, 그 작은 용기를 내는 일이 나에게는 너무 어려웠다. 그래서 나는 너무 쉽게 단념했다. 저 친구의 마음을 읽을 수 없다고, 늘 상대방이 먼저 선을 그었다고 착각했다.

언니와의 대화 이후 나는 종종 교실에 앉아서 가지각색 표정을 짓고 있는 반 아이들을 훑어보곤 했다. 그럴 때면 마치 괴물이랑 싸우는 기분이었다. 그런데 그 괴물은 반 친구들이 아니라 나 자신이었다. 사람들의 '진짜 마음'을 알아 가는 과정을 두려워하는 나 말이다.

윤아가 나가고 얼마 지나지 않아 딸랑, 하고 풍경이 울리며 가게 문이 열렸다. 드디어 첫 손님이 왔다.

"어서 오세요."

내가 어색하게 엉거주춤 일어났다.

"어머, 미도네. 오랜만에 문을 열었구나, 반가워라."

어릴 때부터 봐 온 단골 이모였다. 나는 그동안 만난 단골들을 모두 '이모'라고 불렀다. 그 이모는 요즘 조끼를 뜨고 있다며 하늘색 실 네 타래를 바구니에 담았다. 나는 안절부절못한 채 니농마카롱 이야기를 꺼낼 타이

밍을 재고 있었다.

"사장님은 안 나오셨니?"

"요즘 아프셔서 잠시 병원에 계세요."

"저런. 그래서 가게 문을 닫았던 거구나. 엄마 대신 가게도 돌보고, 기특해라."

나는 계산대 앞에서 단골 이모에게 털실 색과 비슷한 하늘색 민트초코 마카롱을 건넸다.

"니농마카롱, 전통 프랑스식 마카롱 전문점……?"

이모가 포장지에 적힌 글씨를 읽었다.

"바로 앞에 새로 생긴 마카롱집이에요. 한번 드셔 보세요. 무척 맛있어요."

이모는 곧바로 포장지를 뜯더니 마카롱을 한 입 베어 물었다. 나는 연습한 대로 할인 행사에 대해서도 설명했다.

"정말 맛있네."

그 소리에 가호가 고개를 돌리고는 나만 보이도록 흐뭇하게 웃었다.

"안 그래도 이번 주에 집들이 갈 일이 있어서 디저트 선물을 고민했는데, 여기서 사야겠다. 추천 고마워."

단골의 방문 한 번으로 마음이 든든해졌다. 하늘이 노을로 물들어 가던 그때, 마감을 앞두고 초등학생 손님

두 명이 가게에 들어왔다. 아이들은 개구리 인형 키링을 하나씩 사 갔다. 전부터 종종 가게에 놀러 와 한참을 머물다 구경만 하고 돌아가던 아이들이었다. 오랜만의 방문에 큰맘 먹고 산 걸지도 몰랐다. 예전처럼 북적이진 않았지만, 털실아이는 아직 잊히지 않았다. 여전히 이 작은 가게를 필요로 하는 사람들이 있다는 사실에, 나는 작지만 분명한 책임감을 느꼈다.

가게로 돌아온 언니가 정산을 하다가 손님이 왔다는 사실을 알고 깜짝 놀랄 것 같았다. 아니, 오히려 손님이 이렇게밖에 없었냐는 의미로 놀라려나. 가호와 나는 언니를 기다리며 남은 크럼블을 나눠 먹었다. 크럼블은 고소하고 달콤했다. 빵 곳곳에 박힌 상큼한 블루베리 과육과 잼이 씹힐 때마다 심장이 드럼을 치듯 쿵쿵 울려 기분이 들떴다. 이제 하루에 한 번 디저트를 먹지 않으면 섭섭했다.

"시작이 좋은 거 같아."

가호는 뿌듯한 얼굴이었다.

"그래도 이 정도로 만족할 순 없지."

내가 수상한 미소를 지으며 마지막 크럼블 조각을 한 입에 넣었다.

"나는 오늘 만족스러웠는데…… 네 목표는 뭐야? 문전성시를 이루면 좋겠어? 이 작은 골목에서 그게 가능하겠냐마는."

가호가 의심쩍은 목소리로 물었다.

"그런 건 아니지만, 그냥 가게가 잊히지 않을 정도로만 사람들의 방문이 이어지면 좋겠어. 털실아이도 니농 마카롱도."

"그게 말처럼 쉬운 일은 아니야. 너희 가게는 줄곧 자리를 지켜 와서 모르겠지만, 그렇지 않은 가게가 더 많거든."

가호가 포크로 크럼블 부스러기를 잘게 쪼갰다. 가호는 어머니의 가게가 문 닫는 모습을 이미 몇 번이나 봤을 것이다. 그건 곧 가게가 사람들의 기억에서 몇 번이고 잊혔다는 뜻이었다. 아마 그 과정을 지켜보는 일은 결코 쉽지 않았을 것이다.

"그래도 여럿이 힘을 모으면 분명 해낼 수 있을 거야. 그리고 나한테 생각나는 사람이 한 명 더 있어. 그분이라면 우리를 도와줄 수 있을 거야."

정상 영업합니다

오래된 가게의
비결

수영장 특유의 염소 냄새가 콧속을 찔렀다. 유리창 너머로 보이는 여섯 개의 레인에서는 수업이 한창이었다. 초급반인 듯 킥판에 매달린 사람들은 발장구를 치며 앞으로 나아가려 애쓰고 있었다. 그러나 다들 얼마 가지도 못한 채 바닥에 다리를 딛고 다시 허우적거렸다. 그 무리와 달리, 마지막 레인을 독차지하며 평형으로 빠르게 물살을 가르는 이순 할머니에게 단연 시선이 갔다. 돌고래처럼 부드러운 움직임에는 자신감이 배어 있었다. 진한 보라색 바탕에 불꽃이 일렁이는 듯한 붉은 무늬가 새겨진 화려한 수영복을 입고 있는 탓에 더욱 눈에 띄었다.

이순 할머니는 레인 끝에 도착해 물안경을 벗고 관람석을 두리번거렸다. 내가 크게 손을 흔들자, 할머니도 알아보고 손을 흔들어 주었다.

이순 할머니는 내 외할머니다. 할머니는 우리 집에서 도보로 이십 분 거리에 있는 작은 아파트에서 혼자 지낸다. 오 년 전 은퇴 선언을 한 뒤 취미 삼아 다양한 운동을 섭렵했는데, 작년부터 수영에 단단히 빠졌다. 순식간에 고급반까지 올라 졸업했고, 그 이후로도 자유이용권을 끊어 일주일에 두 번 정도 수영을 즐기고 있다.

이순 할머니는 내가 아는 다른 할머니들과 사뭇 달랐다. SF를 즐겨 읽는 다독가였고, 텁텁하다며 식혜나 미숫가루는 입에도 대지 않는 대신 홍차를 즐겨 마셨다. 또 뽀글뽀글한 파마머리도 하지 않았다. 쇄골에 닿는 머리 길이를 유지했고, 흰머리가 대부분인 생머리를 하나로 깔끔하게 묶는 스타일을 고수했다.

무엇보다 자신만의 세계가 뚜렷하고 독립심이 강했다. 육 년 전 할아버지와 사별한 뒤에도 금세 혼자인 삶을 받아들였고, 딸인 엄마에게조차 의지하는 걸 달가워하지 않았다. 나는 그런 할머니가 멋있었다. 우리는 종종 연락을 주고받았고 함께 밥을 먹기도 했다.

며칠 전 나는 털실아이에 관해 도움을 청하고자 할머니에게 연락했다. 할머니는 털실아이의 1대 주인이었다.

그 누구보다 가게에 대해 잘 알고 있을 터였고 애정도 깊을 게 분명했다. 엄마가 가게를 접을 생각이라는 걸 알게 되면 기꺼이 나의 조력자가 되어 줄 것 같았다.

젖은 머리를 늘어뜨린 할머니가 샤워실에서 나왔다. 우리는 수영 센터에서 할머니 집까지 천천히 걸었다. 감기라도 걸릴까 봐 걱정이 됐지만, 할머니는 아무 문제 없다는 듯 보디빌더 포즈를 취하며 웃어 보였다.

할머니의 집은 언제나 깔끔했고 특유의 계피 향이 났다. 나는 가호의 마카롱을 할머니에게 선물했다. 할머니는 기뻐하며 여느 때처럼 홍차를 내어 줬다. 홍차는 약간 떫었지만 은은하게 건포도 향이 났다.

"할머니, 엄마가 가게를 정리하려고 해요."

마카롱을 다 먹었을 즈음 내가 진지하게 본론을 꺼냈다.

"그러니?"

할머니가 홍차 향을 흠흠 맡으며 대수롭지 않게 반응했다. 그러곤 "다 식어버렸네" 하고 혼잣말처럼 중얼거렸다.

"그 가게가 사라지는 거예요, 할머니. 도와주세요."

내가 미간을 찌푸리며 더욱 심각하게 말했다. 엄마의 마음을 돌리기 위해 이번 주부터 언니와 내가 가게 문을 열게 된 상황도 설명했다. 심지어 언니가 진짜 내 편인 지조차 모르겠다고도.

"나는 그 가게에서 이미 손 뗐어. 네 엄마 선택이 그렇다면, 받아들여야겠지. 애초에 나는 가게가 계속 이어질 거라고는 기대하지 않았거든. 고등학교를 막 졸업한 혜지가 가게에 같이 출근하겠다고 했을 때 얼마나 놀랐던지. 사실 꼭 이어지지 않아도 되지. 시간이 흐르면 골목도, 동네도 변하기 마련이잖니. 가게도 변화에 순응하는 것뿐이라고 생각한단다."

의외의 대답에 나는 어리둥절했다. 이순 할머니는 털실아이의 미래에 관여하고 싶지 않은 듯했다. 할머니는 차분하게 커피포트에 새 물을 올렸다. 곧 물 끓는 소리가 집 안에 울려 퍼졌다.

"그렇지만 한때는 할머니의 가게였잖아요. 이대로 사라지면 할머니의 추억도 사라지는 건데, 너무 허무하지 않아요?"

"가게가 사라진다고 해서 과거까지 사라지진 않아. 그곳에서 보낸 기억은 나의 일부이기도 하니까. 어떤 추억은 평생 남아서, 남은 시간을 살아가게 해 주지."

나는 그 말뜻을 이해하지 못하고 고개를 갸웃거렸다.

할머니의 말은 언니가 말했던 '기억의 법칙'과는 정반대였다. 힘든 날의 방패가 되어 줄 거라 믿었던 소중한 기억은 햇빛에 달궈진 아스팔트 위 아이스크림처럼 속절없이 녹아 사라지고, 폐기하고 싶은 기억은 번식하는 개미 떼처럼 끈질기게 살아남는다는 그 법칙 말이다.

"그전에 궁금한 게 있는데, 미도는 그 가게를 왜 지키고 싶니? 실을 별로 좋아하지도 않잖아."

나는 언니나 엄마와 달리 실로 무언가를 만드는 일에 서툴렀다. 아무리 애써도 실이 내 손을 빠져나가기만 하는 기분이었다. 실력이 늘지 않으니 재미를 붙이지 못했다. 내가 쉽게 대답하지 못하자, 할머니는 인자하게 웃었다. 세월이 바느질처럼 새겨진 것 같은 주름이 얼굴 곳곳에 드러났다.

"미도가 이 질문에 대한 답을 찾기 전까지 할머니는 도와줄 수 없을 것 같네."

너그러운 할머니의 표정에 어쩐지 속은 기분이었다.

"할머니이……."

내가 말끝을 늘이며 애교스럽게 바라봐도, 할머니는 뜻 모를 미소만 지을 뿐이었다.

결국 아무런 수확 없이 할머니 집을 나섰다. 가호에게

큰소리 떵떵 쳤는데, 어떻게 설명해야 할까. 이런저런 고민을 하다가 윤아에게 연락했다. 날씨는 너무 추웠고 매콤한 음식으로 속을 달구고 싶었다.

나는 수업 끝나는 시간에 맞춰 윤아가 다니는 학원 앞에서 기다렸다. 윤아는 나를 향해 걸어오며 딱 봐도 무거워 보이는 백팩을 몇 번이고 고쳐 멨다.

샌드위치 가게로 가는 길에 내가 물었다.

"너는 공부가 재미있어?"

"응."

한 치의 망설임도 없는 답에 나는 혀를 내둘렀다.

"사실 공부가 재미있어진 지는 얼마 안 됐어. 피디가 되려면 공부를 잘해야 한다고들 하니까 그냥 열심히 한 거지. 내 꿈은 피디지, 공부 잘하는 사람은 아니잖아. 그런데 성적이 오를수록 재밌는 거 있지? 매 시험마다 목표를 세우고 그걸 이루는 재미로 공부했어. 한 번 성취를 맛보니까 원동력이 생기더라. 성취감에 중독된 거 같기도 해. 그래도 이 성취들이 쌓이면 결국엔 진짜 꿈인 피디에 가까워지는 거 아니겠어?"

윤아에게서 목표를 이뤄 본 사람만이 가질 수 있는 자신감이 느껴졌다. 차근차근 꿈에 근접해 가고 있는 사람만의 즐거움도. 나도 뭔가를 이뤄 보고 싶어졌다. 대단한 일이 아니더라도, 지금의 나에게 중요한 일이라면 뭐든지. 이렇게 하릴없이 시간을 보내다가 허무하게 졸업하고 싶진 않았다. 갑자기 엄마의 가게가 떠올랐다. 할머니가 내준 숙제의 정답까지는 아니라도 힌트를 본 것 같았다.

"그러면 너는 왜 피디가 되고 싶어?"

나는 마치 인터뷰하듯 윤아에게 이어 물었다.

"휴먼 다큐멘터리 보면 스포트라이트를 받는 스타가 아니라 나 같은 평범한 사람이 주인공으로 나오잖아. 보통 사람의 삶을 카메라로 담아내는 순간 그 삶이 특별해져. 나는 그게 신기해. 도대체 카메라에 무슨 힘이 있는 건지 궁금하거든."

윤아의 대답을 듣자마자 납득이 됐다. 윤아가 보여 준 영상 속 사람들은 모두 평범했고, 각자의 일을 하며 하루하루를 일구고 있었다. 그 평범함은 흔해 보이면서도 무척이나 빛났고 그래서 더 아름다웠다.

"우리 가게랑 가호네 가게는 어때? 카메라로 보면 특별해 보여?"

"너희들 가게는 카메라로 찍지 않아도 이미 특별해."

그 말에 나는 이유를 묻는 표정으로 윤아를 바라봤다.

"뭔가가 있거든."

"그 뭔가가 뭔데?"

"말로 설명할 수 없는 그런 게 있어. 타고난 피디의 눈을 가진 나에게만 보이는 게 있단다."

윤아에게 보이는 것이 나에게 보이는 것과 같은지는 모르겠다. 하지만 털실아이와 니농마카롱이 특별하다는 사실만큼은 분명했다. 이유는 알 수 없어도 두 가게가 계속 이어져야만 한다는 생각은 점점 확고해졌다.

"고마워, 윤아야. 오늘 불크샌은 내가 쏜다!"

"네가 샌드위치 사는 건 좋은데, 갑자기 뭐가 고맙다는 거야?"

나는 대답 대신 윤아에게 팔짱을 꼈다.

우리는 다섯 단계 중 사 단계의 맵기를 선택했다. 그러곤 연신 쓰읍, 소리를 내며 뜨거운 숨을 내뱉으면서도 먹는 걸 멈추지 않았다. 속은 조금 쓰렸지만, 덕분에 스트레스가 풀렸다.

나는 집으로 돌아오자마자 방문을 꼭 닫고 결연한 마음으로 휴대폰을 꺼내 들었다. 그 순간, 문밖에서 윤희가 낑낑거렸다. 결국 다시 문을 열어 윤희를 들여야 했다. 정말이지 눈치 없는 막내였다.

곧바로 이순 할머니에게 전화를 걸었다. 연결음이 두 번밖에 울리지 않았는데 할머니가 전화를 받았다. 마치 내 연락을 기다렸다는 듯이. 휴대폰 너머로 라디오에서 흘러나오는 클래식 음악이 잔잔하게 들렸다.

"할머니, 저는 요즘 길을 잃었어요."

어떤 말을 해야 할지 미리 생각한 것도 아니었는데 속에 꼭꼭 숨겨 두었던 말이 먼저 툭 튀어나왔다.

"방학 동안 제가 해결해야 할 숙제가 많아요. 진로도 정해지지 않았고 어느 고등학교를 가야 할지도 모르겠어요. 친구들은 벌써 저만치 앞에서 달리고 있는데, 저는 어디로 달려야 할지 방향을 정하는 일도 벅차요. 그래서 지금 저에게는 용기가 필요해요. 제 손으로 무언가를 해낸다면, 그걸 통해 용기를 얻을 수 있을 것 같아요. 그것이 무엇이 되었든요."

잠시 정적이 흐르고 음악이 바뀌었다. 사카모토 류이치의 「Merry Christmas Mr. Lawrence」였다. 윤아와 함께 별세한 사카모토 류이치를 기리는 다큐멘터리를 보며 알게 된 곡이었다. 그날은 한여름이었다. 모든 게 녹아내릴 듯한 더위 속에서 눈 내리는 풍경을 그려 나가는 것 같은 음악을 듣는 건 참 오묘했다. 제목처럼 겨울과 잘 어울리는 곡이었고, 앞으로 그 계절을 생각하면 머릿속에서 자동 재생될 것만 같았다.

그런데 올겨울은 유난히 더 춥게 느껴진다. 작년 겨울부터 우리 가족 사이에 균열이 생기기 시작했기 때문이다. 서로를 보며 웃는 일이 왜 이렇게 줄어든 걸까? 눈치를 살피는 데 익숙한 나조차 가족들의 속내만큼은 알기 어려웠다. 어쩌면 너무 가까워서 오히려 안 보이는 걸지도 몰랐다.

"할머니, 저는 그 가게가 엄마만의 것이라고 생각하지 않아요. 제 것이기도 하고 가족의 것이기도 해요. 그래서…… 저는 지켜보고 싶어요. 지키겠다고 다짐한 이상, 저와 한 이 약속을 끝까지 따라가 보고 싶어요."

할머니에게 두서없이 말을 쏟아 냈다. 불안한 마음에 한 손으로는 윤희의 등을 쓰다듬었다. 내 곁에 윤희가 있어 줘서 다행이었다.

"그래, 한번 해 보자. 그 가게가 너에게 은신처보다는 돌파구가 되면 좋겠구나."

"정말요? 할머니 고마워요!"

솔직함이 통한 것 같았다. 나는 너무 기뻐서 윤희를 꼭 안아 버렸다. 윤희는 영문도 모르면서 내 목에 얼굴을 비벼 댔다.

나는 갈피를 잡기 어려운 폭넓은 길이 두려워서, 샛길로 도망치는 걸지도 몰랐다. 하지만 샛길을 걷다 보면 언젠가는 그 길이 큰길과 합쳐질 거라는 확신이 들었다. 조금 더 시간이 걸릴지라도 말이다.

☃   ☃   ☃

다음 날 오후, 이순 할머니는 네 명의 친구들과 함께 가게를 찾았다. 언니와 가호는 뜨악한 표정을 지었다. 할머니는 수영 센터에서 사귄 친구들이라며 나에게 슬쩍 윙크를 보냈다. 마침 수영을 정복한 할머니들이 새로운 취미를 찾고 있던 참이었고, 이번에는 운동이 아닌 손으로 하는 공예를 배우고 싶어 했다고 한다. 할머니들은 눈을 반짝이며 털실을 구경하기 시작했다.

할머니들의 대화로 가게 안이 소란스러워지자, 언니가 그 틈을 타 내 귀에 입술을 바짝 대고 낮게 읊조렸다.

"할머니한테 왜 말한 거야? 무슨 일이든 할머니 신경

쓰이게 하지 말라고 했잖아."

언니가 생략한 뒷말을 알고 있다. '전부 빚이니까.' 나는 언니의 심기를 거스르지 않기 위해 대충 고개를 주억거렸다.

언니와 이순 할머니 사이에는 거리감이 있었다. 둘 사이에 무슨 일이 있었던 건 아니다. 애초에 두 사람 사이에는 추억이라 부를 만한 것이 없었다. 이순 할머니를 종종 만나는 나와 달리, 언니는 할머니에게 먼저 연락하는 법이 없었다. 이순 할머니를 외할머니로 생각하지도 않았다. 언니에게 이순 할머니는 그저 혜지 씨의 엄마였다.

할머니들이 저마다 마음에 드는 실을 고르자 뜨개질 수업이 시작되었다. 손주에게 선물할 목도리와 모자, 티코스터, 장갑…… 만들고 싶은 것도 제각각이었다. 이순 할머니도 어느새 언니 옆에 앉아 함께 뜨개질을 가르치기 시작했다. 할머니가 뜨개질하는 모습을 보는 건 나도 오랜만이었다. 숙련도가 남다른 것이 뜨개질 하수인 나에게도 느껴졌다.

수업이 한창 무르익었을 즈음, 가호가 넓적한 접시에 마카롱을 가득 담아 내왔다.

"아유 달아, 희한한 게 다 있네."

"이거 하나만 먹어도 밥 한 공기는 먹은 거 같겠어."

"색이 하나같이 곱네, 고와. 꼭 한복 같다."

마카롱을 처음 먹어 본다는 할머니들은 각자 한마디 씩 보탰다.

"빵 사이에 가운데 미끈거리는 게 마가린이지? 그래 서 이름이 마가로구나."

장갑을 뜨고 싶다고 한 할머니가 말했다. 미주 언니가 가호에게 설명하라는 뜻으로 눈짓을 보냈다.

"마카롱이에요, 마카롱. 가운데 크림은 마가린이 아니 라 버터크림이에요."

"크림 말고 단팥이 들어가도 맛있겠다. 빵이 버석버석 한 게 꼭 한과 같으니."

"좋은 아이디어 같은데?"

이순 할머니가 입가에 부드러운 미소를 머금었다.

"신메뉴 개발에 참고해 볼게요."

가호도 생긋 웃으며 화답했다. 차가울 것만 같던 첫인 상과 달리 가호는 잘 웃는 아이였다. 먼저 말을 걸어 보 지 않았다면 몰랐을 모습이었다.

할머니들은 이렇게 단것은 처음이라고 하면서도 첫 수업의 과제였던 손바닥 크기의 직물을 뜨는 사이 마카

　　　　　　　　　　　오래된 가게의 비결

롱 한 접시를 금방 비웠다.

학원에 가기 전 잠깐 들렀다는 윤아는 사람들로 북적이는 가게를 보자 눈을 반짝였다. 곧장 가방에서 카메라를 꺼내 뜨개 수업을 녹화하기 시작했다.

윤아는 이순 할머니에게 인터뷰를 요청했다.

"오늘은 털실아이에 많은 사람이 찾아왔습니다. SNS 홍보가 효과적이었다고 생각하시나요?"

"SNS? 그게 뭔지 잘 모르겠지만, 홍보의 기본은 입소문이지. 그동안 함께 운동을 배웠던 사람들에게 전화를 돌렸어요."

윤아는 손바닥으로 이마를 치며 "역시 1대 사장님은 다르시네요" 하고 능청을 떨었다.

이순 할머니가 말한 '입소문'의 힘은 대단했다. 동네 네트워크를 긴밀히 활용한 홍보, 그거야말로 오래된 가게의 비결이었다. 할머니들은 각자 동네 친구들에게 소문을 냈다. 며느리와 대학생 손주들에게도 털실아이와 니뇽마카롱을 홍보했다.

윤아가 만든 영상을 꾸준히 SNS에 올린 효과도 서서히 나타나기 시작했다. 간혹 피드에 뜬 릴스를 보고 찾아왔다는 손님도 있고, 소중한 이에게 직접 만든 목도리를 선물하고 싶다며 얼굴을 붉히고 혼자 찾아오는 수강생도 더러 있었다. 언니의 친구들 중 몇몇은 똑같은 데이트 코스에 질렸다며 연인과 함께 일일 강좌를 들으러 오기도 했다.

가게 안에서 밖을 내다보면, 니농마카롱 앞에서 포장을 기다리며 삼삼오오 모여 있는 사람들을 종종 볼 수 있었다. 가호네 엄마는 손님이 부쩍 늘었다며 연신 싱글벙글했다. 드디어 부활 프로젝트에 희망이 보이기 시작했다.

요즘은 미주 언니도 꽤 협조적이었다. 태호 오빠와 헤어져 주말에 여유가 생긴 탓이다. 언니는 조금 시들해 보이긴 했지만, 다행히 금방 태호 오빠가 없는 일상에 적응한 것 같았다. 다만, 감정을 숨기는 데 능숙한 사람이어서 그 속내까지는 도무지 짐작할 수 없었다.

오래된 가게의 비결

오늘은 털실아이가 재오픈한 이래 가장 바쁜 날이었다. 정신없는 하루를 보내고 나니 긴장이 풀렸다. 나는 코로 깊게 숨을 들이쉬었다. 이제 털실아이에서는 섬유 냄새뿐 아니라 달큰한 향도 함께 났다. 엄마가 알면 좋아할 텐데.

매대는 어느새 절반 이상이 비어 있었지만, 언니는 털실을 새로 발주하지는 않았다. 애가 타는 내 마음을 아는지 모르는지, 그저 계산대 앞에 앉아 정산에만 집중하고 있었다.

"언니는 이 가게에서 계속 일할 생각 없어?"

내가 테이블 위를 정리하며 언니에게 물었다.

"응. 취업할 거야."

"이 가게에 정 없어?"

틈

섭섭한 마음에 다시 물었다.

"그게 현실이란다. 너도 대학 들어가 보면 알아. 아니, 그전에 대학부터 들어가야지! 너 저번 시험 기간에도 공부는 뒷전이고 다른 거 하느라 밤새웠다며?"

아마도 아빠가 말한 모양이었다. 지난 기말고사 공부를 하다가 나는 처음으로 동화를 쓰기 시작했다. 청개구리 심보인지 공부하려고 책을 펴기만 하면 꼭 다른 게 하고 싶어졌다. 지금까지 이야기를 절반쯤 써 두긴 했지만, 끝까지 완성할 수 있을지는 확신할 수 없었다.

"걱정 마세요. 나름 열심히 하고 있습니다."

"퍽이나."

"언니는 이 가게 사라지면 아쉬울 것 같지 않아?"

내가 의자에 앉으며 넌지시 물었다.

"똑같은 걸 왜 자꾸 물어, 여긴 혜지 씨의 가게잖아."

언니의 말이 무신경하게 느껴져서 어쩐지 마음이 좋지 않았다. 돌이켜 보면 내가 가게에서 시간을 보낼 때 언니는 대부분 밖으로 나돌았다. 가끔 엄마의 부탁으로 나를 데리러 오기도 했지만, 그럴 때조차 가게 앞에서 서성거리며 밖으로 나오라고 손짓만 했다. 가게 안으로 들어오는 일이 고역이라는 듯이 말이다.

"나는 엄마의 가게니까 이어졌으면 하는 건데."

언니가 쾅 소리가 나게 포스를 닫았다. 그 소리에 괜히 내 어깨가 움츠러들었다.

"……그런데 있잖아, 너 그날 혜지 씨랑 어디 가는 길이었어?"

나는 입술을 꾹 다물었다. 그날 사고에 대해 언니가먼저 말을 꺼낸 건 처음이었다.

그날 엄마와 나는 예술고등학교에 가고 있었다. 가족중에서는 처음으로 엄마에게 그 학교에 관심이 있다고고백한 날이었다. 엄마는 더 고민할 것 없이 아빠와 언니에게도 말하자며, 분명 응원해 줄 거라고 나를 격려했다.주저하는 나에게 엄마는 직접 가 보자고 했다. 학교 건물을 실제로 보고 그 학교 교복을 입은 학생들을 마주하면내 마음을 확실히 알 수 있을 거라면서. 원래 너무 멀리느껴지면 꿈꾸기도 어려워지는 법이라면서.

예고는 우리 집에서 차로 한 시간 반이나 떨어진 도시에 있었다. 엄마와 함께 즉흥적으로 차에 올랐을 때는가슴이 뛰었다. 엄마 말대로 학교에 가면 모든 것이 명료해지고 결정을 내릴 수 있을 것만 같았다.

"그냥 엄마랑 카페 가는 길이었어."

틈

나는 언니가 속아 주길 바라며 거짓으로 둘러댔다. 언니가 계산대에서 나와 내 앞에 앉았다. 의자가 바닥에 끌리며 기분 나쁜 소리가 났다.

"하필 그렇게 비가 많이 오는 날, 그렇게 멀리?"

"공부하다가 답답해서 내가 나가자고 한 거야."

언니가 긴 한숨을 쉬었다.

"사고 났을 때 기억나?"

그 말에 나는 기억을 떠올리려 노력했다.

순식간에 벌어진 사고였다. 멀리 정체된 도로 위로 브레이크등이 촘촘히 이어져 있었다. 마치 도로에 수놓아진 붉은 실 같았다. 그것을 멍하니 보고 있었는데, 갑자기 비가 쏟아지기 시작했다. 빗줄기 자국이 차창에 남을 틈도 없었다. 창밖으로 흐릿하게 번지는 가로수를 바라보는데 한순간 몸이 오른쪽으로 쏠리더니 창문에 머리를 박았다. 굉음이 들렸고, 그 뒤로 잠시 기억이 끊겼다.

눈을 떴을 땐 머리로 피가 쏠려 어지러웠고, 엄마의 얼굴이 거꾸로 보였다. 엄마는 버드나무처럼 두 팔을 축 늘어뜨리고 있었다. 그 순간 가족사진과, 언니와 대화를 나눴던 장면이 영화처럼 플래시백 되었다.

"차가 왜 미끄러졌을까? 엄마는 뭐가 그리 급하길래

빨리 달렸을까?"

사고 직전, 나는 차 속도가 조금 빨라졌다는 생각에 계기판을 봤었다. 잔뜩 눈을 찌푸린 엄마의 옆얼굴도 기억났다. 그제야 머리가 돌아가며 언니가 무슨 말을 하려는 건지 짐작이 갔다.

"설마 지금 엄마가 일부러 사고를 냈다는 거야?"

언니의 생각은 꼬여도 단단히 꼬였다. 아무리 새엄마이고 언니와는 살갑게 지내지 못했다고 하더라도, 엄마가 그럴 리 없었다.

"혜지 씨는 내가 아는 사람 중에서 운전을 가장 잘했어. 베스트 드라이버였잖아. 나에게 운전을 가르쳐 준 것도, 빗길 운전에서 무엇을 조심해야 하는지 알려 준 것도 혜지 씨였어."

나는 착각에 빠진 듯한 언니가 답답했지만, 뭐라고 말해야 좋을지 알 수 없었다. 바위같이 묵직한 침묵만이 내려앉았다.

"혜지 씨, 작년부터 이상하지 않았어?"

"잘 모르겠는데."

내가 차갑게 말했다.

"혜지 씨, 작년부터 우울증에 시달렸어. 줄곧 자신을

해치고 싶은 충동과 싸워 왔다는 뜻이야. 그런데 혜지 씨는 자신이 우울증에 걸렸다는 사실 자체를 받아들이지 못했고, 치료도 진척이 없었어. 약을 몰래 버리기도 했으니까. 이건 내 생각이지만, 옛날에 난임 치료를 받을 때도 잠깐 우울증을 겪었는데, 그때 다 씻어 내지 못했나 봐. 시간이 지나 다시 싹이 튼 거지. 원래 우울증은 재발률이 높대."

"……나는 전혀 몰랐어."

엄마가 가끔 내보이던 슬픈 얼굴이 떠올랐다. 언젠가부터 자꾸 튀어나오던 엄마의 낯선 모습들이 우울증과 관련 있는 걸까. 엄마는 작년부터 잠이 늘었고, 작업 속도가 느려졌으며, 원래 마른 몸이 조금 더 가늘어졌다. 그게 우울증 증상일 거라고는 추호도 생각하지 못했다. 엄마는 여전히 학교생활을 궁금해하며 나와의 대화를 게을리하지 않았고, 매일 같이 가게로 출근도 했으니까. 모든 게 평범하다고 생각했다.

"너한테만큼은 들키고 싶지 않아 했으니까, 네가 모르는 건 당연해. 혜지 씨는 너를 끔찍이 아끼잖아."

엄마의 노력도 있었겠지만, 내가 엄마의 우울증을 알아채지 못한 건 다른 사람의 마음까지 헤아리기엔 너무 어렸기 때문인 것 같았다. 어린아이들은 자신이 보고 싶은 것만 보고, 믿고 싶은 것만 믿으니까. 나는 스스로에게 약간 실망했다. 이것 역시 용기가 부족해서였을까. 학교에서도 눈치만 살피면서 친구들의 진짜 마음은 직시하지 못했다. 엄마의 마음속 깊은 곳까지 세밀하게 들여다보는 게 겁나서 무의식적으로 두 눈을 감아 버린 걸지도 몰랐다.

"지레짐작하지 마. 말도 안 되는 상상이야."

내가 몰랐던 과거가 있다 하더라도 언니의 억측은 지나쳤다. 우울증 때문에 평소보다 판단력이 흐려져 있었고 그날 하필 폭우까지 내렸지만, 엄마 옆에는 내가 있었다. 지금껏 엄마가 나를 소중하게 여겨 왔다는 사실에는 의심의 여지가 없었다. 내가 아무런 거리낌 없이 혜지 씨를 엄마로 받아들일 수 있었던 것도, 엄마가 나에게 부족함 없이 사랑을 줬기 때문이었다.

"하지만 그건 정말 위험한 사고였어. 그래서 확인이 필요했어. 너는…… 내 동생이고 가족이잖아."

잠시 머릿속이 멍해졌다. 잠깐만, 확인이 필요했다니?

"설마 엄마한테 말한 거야? 그 말도 안 되는 의심을?"

"물어봤지."

틈

"엄마가 뭐라고 답했어?"

물어보면서도 긴장이 됐다. 순간 전복된 차 안에서 보았던 엄마의 미소가 아릿하게 떠올랐다.

"아무 말도 안 했어."

"뭐……?"

"질문이 어처구니가 없어서인지, 진실을 들켜서인지는 나도 모르지. 가게를 정리해야겠다는 말만 했어."

나는 눈을 내리깔고 망연한 표정을 지었다. 지금껏 온 힘을 다해 지켜 온 소중한 것을 한순간의 실수로 빼앗긴 사람처럼. 엄마의 말을 어떻게 해석해야 할까. 그래도…… 나는 엄마를 믿고 싶었다.

"알다시피 아빠와 혜지 씨 사이도 계속 삐거덕거렸잖아. 사고 이후로 아빠도 고민이 많아 보이셔. 그리고 두 분이 헤어진다는 건…… 아니다."

"나도 알아, 그게 무슨 뜻인지."

부모님이 헤어진다는 건 엄마와 완전히 남이 된다는 뜻이었다. 친양자 입양을 하지 않았으니, 법적으로 따지면 언니와 나는 엄마의 딸이 아니었다. 그렇게 되면 우리는 엄마를 두 번 잃게 되는 걸까.

부모님이 이혼했을 때, 언니는 꼭 무언가 도둑맞은 기

분이라고 했다. 우리를 낳은 엄마가 언니의 유년을 오려 내 그것과 함께 집에서 사라진 느낌이라고. 나는 또다시 시절을 도둑맞을까 봐 두려움에 떨고 있는 언니의 마음을 알 길이 없었다. 같은 부모 아래에서 자란 자매라도, 나는 언니가 아니니까.

"……그래, 이제 너도 어린 나이가 아니니까. 이 이야기는 그만하자. 먼저 들어가."

내가 요지부동으로 버티자, 언니가 짜증 섞인 목소리로 외쳤다.

"얼른!"

나는 어쩔 수 없이 의자에서 일어났다. 문을 열다 말고 뒤돌아 언니를 노려봤다.

"그런데 언니…… 엄마도 우리 가족이야."

코끝이 시큰했지만, 언니 앞에서 울고 싶지 않아 서둘러 가게를 빠져나왔다. 언니의 대답을 듣고 싶지 않기도 했다. 울컥하는 감정에 숨이 가빠져 가슴이 거칠게 오르내렸다. 빙판길이 이어져 자꾸 넘어질 뻔했지만, 나는 빠른 걸음으로 집까지 걸었다. 마치 뒤에서 누가 쫓아오기라도 하는 듯이.

어쩌면 그날 내가 모두에게 비밀로 해 왔던 소망을

틈

홧김에 말할 수 있었던 건 엄마와 내가 남이기에 가능했던 일이었는지도 몰랐다. 가족일수록 오히려 조심스러워지고 대화하기 어려워질 때가 있다.

엄마와 나는 틀림없이 가족이었지만, 우리 모녀 사이에는 늘 좁은 틈이 있었다. 논리정연하게 설명할 순 없지만 그 틈이 분명히 느껴졌다. 나와 엄마를 번갈아 봐도 도저히 닮은 점을 찾을 수 없었을 때라든가. 언니가 고집스럽게 엄마를 '혜지 씨'라고 부를 때라든가. 엄마가 언니 몸에 손대는 걸 망설이는 순간을 목격했을 때라든가. 엄마는 장을 볼 때 간혹 무의식적으로 언니에게 팔짱을 끼려 하다가도 손이 언니의 몸에 닿는 순간 불에 덴 것처럼 떼어 내곤 했다. 나는 몇 걸음 뒤에서 갈 곳 잃은 엄마의 손이 공중에 떠 있는 모습을 수도 없이 봤다. 엄마는 우리 자매에게 미운 소리를 하거나 화를 낸 적이 단 한 번도 없었다. 자기 자식에게는 불같이 화를 내는 부모도 남의 자식은 함부로 혼내지 못하는 것처럼. 나와 언니 역시 엄마에게 쉬이 화내지 못했다. 골이 나면 침묵 속에 숨을 뿐 절대 큰 소리를 내지 않았다.

그 작은 틈새가 숨구멍이 된 걸까. 그래서 내가 엄마를 다른 가족들보다도 더 편하게 느꼈던 걸까. 그 틈은 원래 하나였던 천을 자르며 생긴 것이 아니라, 처음부터 존재한 거였다. 서로 다른 천을 이어 붙이며 어쩔 수 없이 생긴 틈이었다. 그러니 그 틈이 더 벌어진다고 해서 달라질 건 아무것도 없을지도 모른다. 하지만…… 나는 이 접속사 다음에 이어질 말을 끝내 찾지 못했다. 내가 아무것도 모른다는 사실에 낙담할 뿐이었다.

해피 엔딩이
될 수 없는 동화

눈이 매섭게 내리던 주말, 투명 우산을 들고 엄마를 보러 병원으로 향했다. 일주일 만이었다. 분명 우산을 쓰고 있었지만, 고개를 들면 거무튀튀한 하늘과 우산에 달라붙은 눈 결정이 선명히 보여서 마치 무방비하게 눈을 맞고 있는 기분이 들었다.

가방 안에는 어제 가호에게서 미리 받아 둔 디저트가 들어 있었다. 니농마카롱이 이제 일요일에는 문을 열지 않기 때문이었다. 언제나처럼 마카롱을 사려 했는데, 가호가 특별한 걸 만들었다며 평소와는 다른 상자에 디저트를 포장해 주었다. 매일 반복되는 병원 생활일 테니 엄마에게 새로운 디저트를 선물하는 것도 좋을 것 같았다.

엄마는 창밖을 보고 있었다. 먹구름을 그대로 옮겨 놓은 듯 병실 안은 우중충했다. 마침 반대편 침대 할머니

해피 엔딩이 될 수 없는 동화

가 자리를 비워 엄마와 단둘이 있을 수 있었다.

내가 침대 테이블을 올리고 상자를 올려놓았다.

"다쿠아즈라는 과자래. 먹어 본 적 있어?"

엄마는 고개를 가로저었다. 그러곤 신중한 손길로 리본을 풀고 상자를 열었다. 언니가 말한 '혜지 씨'와 지금 내 눈앞에 있는 엄마가 동일 인물이라는 게 믿기지 않았다.

상자 안에는 마카롱보다 통통한 타원형의 다쿠아즈가 네 개 들어 있었다. 가호가 어제 학원에서 만든 디저트인데, 딱 네 개만 성공했다고 했다. 그걸 전부 나에게 준 것이다. 나는 가호에게 고마웠고 까닭 모르게 가슴 한쪽이 저려 왔다.

엄마가 다쿠아즈를 한 입 먹었다.

"어때?"

"조금 푸석하네."

"그래?"

나도 얼른 다쿠아즈 하나를 집어 입에 넣었다. 엄마 말대로 식감이 거칠고 푸석푸석했다. 유일하게 성공한 것들이라고 하면서도 자신 없어 하던 가호의 얼굴이 생각났다.

"같은 마카롱 가게에서 사 왔어?"

"응. 거기 마카롱 가게에 가호라고 나랑 동갑인 남자애가 있는데, 걔가 만들어 줬어. 엄마 갖다 드리라고."

이 말을 시작으로 나는 가호에 관한 이야기를 풀어놓았다. 엄마는 내 이야기를 흥미롭게 들었지만, 남은 다쿠아즈에는 손을 대지 않았다. 나는 털실아이에 불기 시작한 변화의 바람에 대해서도 수다스럽게 말했다. SNS 계정을 보여 주며 단골들이 다시 돌아왔고, 언니가 강좌를 운영하면서 가게에 활기가 돌고 있다고 했다. 하지만 엄마는 어정쩡한 미소만 지을 뿐이었다.

"이제 엄마만 다시 돌아오면 돼. 곧 있으면 퇴원이잖아. 단골 이모들도 엄마를 기다리고 있어."

이제 나의 목소리에는 절박함이 묻어날 정도였다.

"미도야, 말했다시피 나는 가게를 정리할 거야. 내가 거기로 다시 돌아가는 일은 없어."

"그 결심은 절대 변하지 않아?"

엄마는 답하지 않았다. 엄마도 아직 확신하지 못하는 거라고 믿고 싶었지만, 허무함에 온몸의 힘이 쭉 빠지는 건 어쩔 수 없었다. 나는 남은 다쿠아즈를 다시 상자 안에 넣었다. 평소처럼 마카롱을 가져올 걸 그랬다는 후회가 들었다.

해피 엔딩이 될 수 없는 동화

눈은 멈출 기미가 보이지 않았다. 창밖 거리에는 어느새 눈이 소복이 쌓여 있었고, 멀리 누군가가 만들어 놓은 허술한 눈사람도 보였다. 나는 엄마에게 그날에 관해 묻고 싶었다. 언니의 추측에 대해서도. 하지만 입이 떨어지지 않았다. 혹시 내가 괜한 말을 했다가 엄마를 더 힘들게 만들까 봐 두려웠다. 대신 한 번도 해 본 적 없는 이야기를 꺼냈다.

"엄마는 처음 우리 집에 와서 힘들었어?"

"갑자기 그건 왜?"

"생각해 보니까 아빠랑 언니랑 나는 엄마 한 명에게만 적응하면 됐는데, 엄마는 한꺼번에 셋에게 적응해야 했던 거잖아. 더 힘들었겠다 싶어서."

"아니야, 하나도 안 힘들었어. 어린 미도랑 미주가 가족의 변화를 받아들이는 게 더 힘들었겠지. 나는 오히려 기뻤어, 행복했고."

아무렇지 않게 말했지만, 엄마의 목소리는 쓸쓸하게만 들렸다. 괜찮은 척해도 마음 한 귀퉁이는 오래전에 이미 다 삭았을지도 모른다.

"거짓말…… 지금은 괜찮아?"

엄마는 잠시간 말이 없었다.

"미도야, 눈이 그치면 다시 한파래. 이렇게 몇 번 더 폭설과 한파를 지나면 금방 봄이겠구나."

엄마가 내 질문을 피하며 아무렇지 않게 계절 이야기를 꺼냈다. 이 지겨운 겨울이 지나면, 따뜻한 봄바람과 함께 엄마도 기운을 차릴 수 있을까? 멈춰 있는 엄마의 시간도 다시 흐르게 될까? 나는 엄마의 옆얼굴을 바라보며 생각했다.

☃   ☃   ☃

"벌써 겨울 방학 절반이 지났습니다. 실감하시나요?"

윤아가 카메라 뒤에서 나에게 물었다. 전날 엄마를 만난 뒤로 머리가 복잡해져 오래도록 잠들지 못했다. 그 여파로 월요일에 늦잠을 잤고, 점심 무렵 가게에 도착하니 언니와 윤아가 먼저 도착해 있었다. 가호는 학원이 늦게 끝나 오늘은 가게에 못 온다고 했다.

"실감은 안 나고요, 영원히 안 끝났으면 좋겠어요."

내가 어깨를 축 늘어뜨리고 답했다. 방학이 끝나 가고 있다는 사실에 기운이 빠졌다.

"그동안 고등학교 예습은 하셨나요?"

짓궂은 윤아의 질문에, 행주로 매대를 닦던 언니가 나를 힐긋 봤다. 그날 이후 언니와 나는 다시 평소로 돌아갔다. 아니, 돌아간 척했다. 우리는 마치 그런 대화를 나눈 적 없는 사람들처럼 굴었다. 요즘 언니와 나의 관계는 아슬아슬했다. 소소한 잡음들 사이로 폭풍 전야 같은 고요함이 느껴졌다.

"……공부보다 더 중요한 일을 했다고 생각합니다."

카메라 앞이라는 걸 의식한 나는 표정 관리를 하며 겨우 답했다.

"미도가 윤아 절반만이라도 따라 공부하면 얼마나 좋을까."

그러곤 언니는 환기해야겠다고 덧붙이며 창문을 열었다. 차가운 바람이 들이쳐 볼을 스쳤다. 나도 모르게 소름이 돋아 허리를 곧추세웠다.

"언니는 방학 끝나면 자취방으로 돌아가?"

"아니."

언니가 양어깨를 번갈아 돌리며 스트레칭을 했다.

"왜? 한 학기 남았잖아."

"수업을 세 개밖에 안 들어서 학교를 이틀만 나가거든. 그래서 마지막 학기는 집에서 광역버스 타고 통학하기로 했어."

언니가 돌아왔고 곧 엄마도 퇴원하니, 우리 집은 다시 일상으로 돌아갈 것이다. 아니, 돌아갈 수 있을까? 우리 가족의 평범한 일상이 어땠는지 떠올리려고 했지만, 어쩐지 선명하게 기억나지 않았다.

"그러면 미주 언니에게 질문, 방학이 끝난 후 털실아이 운영 계획은 어떻게 되나요?"

윤아가 부드러운 동작으로 카메라를 미주 언니에게 돌렸다. 윤아는 이제 카메라를 다루는 데 제법 능숙해 보였다.

"정리를 시작해야죠."

"정리라고 한다면……."

"가게 문 닫을 준비를 본격적으로 해야죠."

윤아가 녹화 중지 버튼을 누르고 카메라를 내렸다. 그러곤 미주 언니와 나를 번갈아 바라보았다.

"그게 진짜야?"

내가 대답을 못 하는 사이 언니가 먼저 입을 뗐다.

"애초에 겨울 동안 다시 문을 연 것도, 재고 정리를 위해서였는데?"

내 계획을 제멋대로 편집해 이해하는 언니가 미워서

어쩔 줄 몰랐다. 윤아의 낯빛이 살짝 어두워졌다가 다시 밝아졌다. 곧이어 윤아가 기운차게 고개를 끄덕이며 말했다.

"그래, 평탄하기만 하면 재미없지. 위기와 사건, 갈등이 있어야 재미있는 거야. 그래야 사람들이 영상을 끝까지 보지. 그렇지, 미도야?"

"너는 영상 생각밖에 없어?"

내가 윤아에게 타박을 줬다.

"위기는 극복하라고 있는 거고, 기적은 일어나라고 있는 법. 그 과정에서 또 새로운 이야깃거리가 나오는 거야. 그리고…… 내 영상에는 해피 엔딩만 담고 싶어."

미주 언니는 멀리 창밖을 응시하며 딴청을 피웠다. 윤아의 말을 일부러 못 들은 척하는 것 같았다.

"해피 엔딩이 가능할까?"

"대본이 없는 다큐멘터리에서는 주인공 하기 나름이지."

윤아가 다시 카메라를 들어 녹화를 시작했다. 나는 '해피 엔딩'이라는 단어를 사탕 녹이듯 입안에서 굴렸다.

가게 마감을 한 후 니뇽마카롱 앞 벤치에 앉아 가호를 기다렸다. 멀리서 짐을 한가득 들고 오는 가호가 보였다. 두툼한 하얀 패딩에 모자까지 눌러쓴 모습이 꼭 커다란 눈사람이 걸어오는 것처럼 보였다.

"여기서 뭐 해?"

나는 가호에게 미리 연락하지 않았다. 수업이 끝나면 늘 곧장 집으로 돌아온다고 했고, 학원에서 어울리는 친구도 없다고 했으니까.

"너 기다렸어. 윤희는 없어."

"산책 금지령 아직도 안 풀린 거야?"

"응."

윤희는 종종 털실아이에 같이 출근했지만, 여전히 단둘이 하는 산책은 허락되지 않았다. 언니에게 따지고 싶다가도 심기를 건드릴까 봐 겁이 났다.

가호가 쇼핑백을 바닥에 내려놓고 내 옆에 앉았다. 쇼핑백에서 단내가 폴폴 났다.

"오늘의 디저트는 뭐야?"

"에클레르. 슈랑 비슷한데 손가락처럼 길쭉하게 생겼어. 속에 커스터드나 초콜릿 크림을 채워 넣은 프랑스 디저트야. 먹어 볼래? 맛있게 구워졌거든."

가호가 쇼핑백에 손을 넣어 뒤적거렸다.

"아니야, 괜찮아."

내 말에 가호가 머쓱해하며 가볍게 벤치 등받이에 기댔다.

고개를 들어 올리자, 하늘이 넓고도 깊게 펼쳐졌다. 밤바람이 가호와 나 사이를 스쳐 지나갔다. 몸에 한기가 들었고, 어디론가 흩어질 듯한 기분이 들었다.

"요즘 이런 생각을 해. 디저트는 필수가 아니라 선택이라는 생각. 각자 취향껏 사 먹는 거잖아. 너도 처음에는 단거 별로 안 좋아했고. 게다가 이렇게 추운 날씨일수록 사람들은 마카롱보다는 따뜻한 걸 먹고 싶어 하지."

"······좋아하는데."

'좋아한다'는 말이 혹시 고백처럼 들렸을까 봐 나는 얼른 가호를 바라봤다. 하지만 가호는 별다른 생각이 없어 보였다. 그 무심한 얼굴에 마음이 상하는 동시에 내가 가호를 정말 좋아하는 걸지도 모르겠다는 생각이 들었다. 나는 민망함을 들키지 않으려 서둘러 말을 이었다.

"나는 날씨가 어떻든 디저트가 좋단 말이야. 없어서 못 먹을 정도야. 그리고 디저트를 먹기 위해 본식을 먹는 사람도 있어. 우리 엄마도 그렇고. ······그래도 겨울은 얼른 지나갔으면 좋겠다."

엄마가 들려줬던 각설탕 이야기를 해 주고 싶었는데,
가호가 먼저 치고 들어왔다.

"요즘 우리 가게는 다시 제자리걸음 중인 것 같아."

이어진 폭설의 여파인지 니농마카롱도, 털실아이도
손님이 다시 훅 줄었다. 원래도 유동 인구가 많지 않은
빌라 골목은 고요에 잠겼고 눈에 띄게 한산해졌다.

"너무 추워서 손님이 줄어들었나 봐. 새로운 전략이
필요한 때인 거 같네."

"새로운 전략?"

"응. 사실 이 말을 하려고 널 기다렸어. 어제 엄마를 보
러 갔는데, 이대로라면 털실아이도 문을 닫을 것 같아. 엄
마의 마음을 돌리려면 사람들로 북적북적한 가게를 보여
줘야 할 것 같아. 이렇게 많은 사람이 찾으니 도저히 가게
를 그만둘 수 없겠다는 생각이 들도록 말이야."

가호는 묵묵부답인 채 바닥만 바라봤다.

"그래서 말인데, 털실아이와 니농마카롱이 협업해 새
로운 디저트를 내놓으면 좋겠어. 털실을 닮은 몽블랑이
라든가, 동화책에 나온 털실 캐릭터를 본뜬 마카롱이라
든가. 괜찮은 아이디어지?"

"……그런 건 못 만들어, 엄마도 나도."

"그러면 너 또 잘하는 거 있어?"

"내가 뭘 또 잘해야 해?"

가호의 하얀 얼굴에 일순간 금이 간 듯 보였다. 뒤늦게 가호의 기분을 살폈지만, 내가 말실수했다는 걸 깨달았다.

"너는 뭘 할 수 있는데? 나는 디저트를 만들고, 미주 누나는 강좌를 열고 SNS를 운영해. 윤아는 영상을 찍고. 할머니는 친구분들을 꾸준히 데려오고 입소문을 내잖아."

그제야 가호와 사람들에게 너무 많은 걸 요구하고 있다는 생각이 들었다. 정작 내가 가게를 위해 할 수 있는 건 아무것도 없으면서.

"나는……"

"너는?"

나는 쓰다 만 동화를 떠올렸다. 실로 산과 바다, 세상의 아름다운 모든 것을 만들 수 있지만 아이만은 만들수 없었던 여자의 이야기. 그러다가 여자는 우연히 셰프를 만나 설탕으로 된 실로 털실아이를 만들게 된다. 하지만 설탕 실로 만들어진 그 아이는 한없이 약해서 여자의 곁을 떠나지 못한다. 비가 오면 녹고 바람이 불면 실이 풀려 버리고 만다.

이야기는 여기서 더 이상 진도를 나가지 못하고 있었다. 새드 엔딩으로 귀결될 수밖에 없는 불완전한 이야기에 불과했다. 아직 누구에게도 보여 줄 수 없는 이야기였다. 내가 쓴 동화는 두 가게에 아무런 도움도 될 수 없었다. 결국 나는 가호에게 아무 말도 하지 못했다.

나는 집으로 돌아오자마자 언니에게 뜨개질을 가르쳐 달라고 했다. 언니는 의심의 눈초리로 나를 바라봤지만, 이내 처음 뜨개질을 가르칠 때처럼 기초부터 설명해 주었다. 예전에도 나는 언니에게 몇 번 뜨개질을 배웠지만, 손바닥만 한 티코스터 하나 제대로 만들지 못하고 그만둬 버렸다.

"이제 겉뜨기 차례인데, 안뜨기하면 어떡해. 너 또 딴생각했지? 실 다시 풀어."

나는 영상의 되감기 버튼을 누른 것처럼 실을 다시 풀었다. 그러다 결국 손을 놓고 방으로 들어왔다. 이번에는 노트북을 펼쳤다. 쓰다 만 동화를 이어 쓰기 위해서였다. 무엇이든 내가 할 수 있는 걸로 가게에 보탬이 되고 싶었다.

    털실아이는 바람의 끝을 잡으려고 뛰었어요.

    그러나 점점 다리에 실이 풀려 주저앉고 말았어요.

    바람은 이미 멀리 달아났어요.

    주저앉아 있는 털실아이 머리 위로 먹구름이 드리웠어요.

    비를 잔뜩 머금은 뚱뚱한 구름이었어요.

    "구름아, 비가 내리면 난 녹아 내리고 말 거야. 제발 멀리

    가 줘."

    털실아이가 구름을 바라보며 애원했어요.

    하지만……

    같은 장면에서 나아가지 못하고 서성거린 지 몇 시간이 흘렀다. 창밖은 벌써 희붐하게 밝아 오고 있었다. 조금 더 어둠 속에 있고 싶었기에 빛을 끌고 떠오르는 해가 미웠다. 나는 결국 이야기를 매듭짓지 못한 채 침대에 누웠다.

    윤아는 자신의 영상에 해피 엔딩만 담을 거라고 호언장담했다. 나 역시 주인공이 웃는 결말을 쓰고 싶었다.

엄마와 아빠의 동화처럼 마지막에는 아름다운 장면을 선물처럼 남기고 싶었다. 부모님이 쓴 이야기의 마지막 페이지를 덮을 때마다 나는 언제나 웃고 있었으니까. 그때부터였을 것이다. 내가 이야기의 해피 엔딩만을 바라게 된 것은.

그러나 나를 비웃기라도 하듯 이야기는 자꾸 맥없이 끝났다. 동화 속 털실아이는 한계에 부딪혀 결국 비를 맞고 녹아 버린다. 이 잔혹한 결말에서 벗어나고 싶었지만, 그 방법을 나는 알지 못했다.

해피 엔딩이 될 수 없는 동화

파피용, 니농!

다음 날, 나는 언니에게 하루 쉬어 가겠다고 말했다. 언니는 상관없다고 하면서도 가뭇한 나의 눈가를 신경 쓰는 눈치였다. 가호의 말처럼 나는 털실아이와 니농마카롱에 아무 도움도 되지 않으니 하루 정도 빠져도 문제 없어 보였다. 참견쟁이가 사라져서 오히려 잘됐다고 생각할지도 모른다.

나는 잠시 도망치고 싶었다. 이순 할머니에게 연락해 같이 수영을 하자고 했다. 할머니는 오늘이 가게 쉬는 날이냐고 물었다.

"아니요. 저만 쉬어요."

"혹시 지쳤니?"

휴대폰 너머로 들리는 할머니의 말투는 부드러웠다. 그런데도 나에게는 벌써 지친 거냐고 따져 묻는 말처럼

파피용, 니농!

들렸다.

"잠시 쉬는 것뿐이에요."

"그래, 매일 사력을 다하는 것도 좋지만은 않아."

그 말에 내가 온 힘을 다했는지 생각했다. 그러나 나는 이번에도 다른 사람들의 뒤에 숨어 어중간한 노력만한 듯했다. 진짜 나만의 것이라고 말할 수 있을 만한 무언가를 아직 펼쳐 보이지 못했다.

할머니는 짙은 청록색 바탕에 노란 배색이 들어간 수영복을 빌려줬다. 할머니의 수영복 컬렉션은 하나같이 화려했다.

나도 초등학생 때 이 센터에서 수영을 배웠다. 오랜만에 물에 들어가니 어색했지만, 할머니가 차근차근 자세를 지도해 주었다. 나는 금방 그럴싸한 자유형 동작을 구사할 수 있게 되었다. 물론 킥판에 의지한 채였지만. 한 시간을 연습하고 나자, 나는 한 번도 쉬지 않고 레인 끝까지 헤엄칠 수 있게 되었다. 시원하게 물살을 가르며 앞으로 나아가는 내 모습을 보던 할머니가 "가능성이 있어"라고 말했다. 가능성, 그 단어를 들으니 오랫동안 쌓여 있던 갈증이 해소되는 기분이었다.

할머니는 이제 혼자서 연습해 보라고 말한 후, 이마에

걸쳐 두었던 물안경을 쓰고는 뒤도 돌아보지 않고 물속으로 들어갔다. 옆 레인에서 접영으로 빠르게 나아가는 할머니 주위로 물이랑이 반짝이며 흩어졌다.

나는 숨을 크게 들이쉬고 온몸에 힘을 풀었다. 내 몸이 천천히 수면 위로 떠올랐다. 천장에 어른거리는 물그림자는 마치 살아 있는 듯 끊임없이 모양을 바꾸었다. 눈을 감자, 겨울 햇빛이 눈꺼풀 안을 붉게 물들였다. 잠시였지만 고민으로부터 멀어지는 기분이었다.

이순 할머니와 나는 늦은 점심을 먹으러 냉면집에 갔다. 할머니는 원래 냉면은 겨울 음식이라 꼭 지금 시기에 먹어야 한다고 했다. 할머니는 물냉면 곱빼기를, 나는 비빔냉면을 시켰다. 이순 할머니가 곱빼기를 시키지 않아도 괜찮겠냐고 재차 물었다. 불현듯 이순 할머니에게 함부로 빚지지 말라던 언니의 말이 떠올라 괜찮다고 했다. 오늘 이미 할머니에게 적잖이 신세를 져 버렸지만.

할머니는 운동 후에는 단백질을 먹어야 한다며 수육한 접시를 추가 주문했다. 내가 수육까지는 다 먹지 못할 것 같다고 말렸지만, 할머니는 레인을 다섯 번 넘게 왕복해 허기가 졌다며 자기가 다 먹을 테니 걱정 말라고 했다.

직원이 분주한 손길로 밑반찬을 놓으며 상을 차렸다. 우리는 누가 먼저랄 것도 없이 삶은 달걀부터 먹었다. 이순 할머니는 소리를 내지 않고 면을 한입 가득 넣었다. 이어서 그릇째 들어 살얼음이 동동 뜬 국물을 들이켰다. 나도 면을 비비고 본격적으로 식사를 시작했다. 매콤하고 새콤한 양념이 입맛을 확 돋웠다. 수영하느라 힘이 다 빠져 방금까지 밥이 별로 당기지 않는다고 생각한 게 무색할 정도였다.

"이 동네에서 제일가는 냉면집이란다. 나는 매년 겨울이면 이 집에 꼭 와. 여름보다는 한산해서 여유롭게 먹을 수 있기도 하고, 무엇보다 이곳이 사라지지 않길 바라거든. 그러니 내가 더 부지런히 와야지."

이순 할머니가 뜨거운 육수를 홀짝이며 말했다.

"할머니는 이 동네에서 얼마나 사셨어요?"

"네 엄마가 아주 어렸을 때 여기로 이사 왔으니, 사십 년은 훌쩍 넘었겠구나. 혜지도 이 집을 참 좋아했지."

"……엄마는 제 나이 때 어땠어요?"

이 가게에서 엄마도 이렇게 할머니와 마주 앉아 냉면을 먹었을까. 그런 생각을 하다 보니 불쑥 이런 질문이

나오고 말았다.

"딱 너 같았어."

"저요?"

내가 입안의 음식을 우물거리며 되물었다.

"그 속에서 벌어지는 일들에 골몰해 있었지."

이순 할머니가 젓가락으로 내 가슴께를 가리켰다.

"그리고 얼굴이 확확 바뀌었어. 내가 잘 아는 어린아이의 얼굴이었다가도, 어느 순간엔 어른스러운 얼굴로 보이기도 했어. 소설에 나오는 타임 리프라도 하는 것 같았다니까. 그 나이 때 아이들은 다 그런 건지도 모르겠지만 말이야."

나는 할머니의 말을 곱씹으며 열다섯 살의 엄마를 상상했다. 엄마는 어렸을 때부터 손재주가 좋았을 것이다. 그 나이의 엄마는 실로 무엇을 만들었을까? 지금과 같은 걸 만들진 않았을 텐데. 문득 내가 엄마에 대해 아는 것이 극히 적다는 사실을 깨달았다.

"제가 이런 걸 묻는 게 조금 이상하죠?"

내 질문 앞에는 '친딸도 아닌'이라는 말이 생략되어 있었다. 할머니는 말이 없었다. 식사에 집중한 것처럼 보였지만, 속으로는 분주히 내 질문을 분해해 그 속뜻을 헤아리려는 것 같았다.

이내 이순 할머니가 별것 아니라는 듯 웃으며 말했다.

"이상할 게 뭐 있다고. 딸이니까, 엄마에 대해 궁금한 거지. 또 엄마에 대해 궁금한 거 없어? 할머니한테 다 물어봐."

"할머니는 엄마가 나을 수 있을 거라고 생각해요?"

"이미 거의 다 나았잖아. 곧 퇴원도 하는걸."

할머니가 수육을 집어 면 위에 올리더니 한입에 깔끔하게 먹었다.

"그러니까 제 말은, 몸도 마음도요."

"네 엄마는 잠깐 동면에 빠진 것뿐이니 금방 일어날 거야. 잠을 자면 끝에는 깨어나기 마련이잖니."

"곰도 아니고 동면이라니……."

"사람에게도 긴 동면이 필요해지는 때가 있는 법이야. 너무 길어지지만은 않길 바라는 수밖에. 그리고 혜지는 어렸을 때부터 워낙 추위를 많이 탔으니, 어쩌면 가만히 숨어서 봄을 기다리고 있는 걸지도 몰라."

이순 할머니의 힘 있는 목소리를 듣자, 나는 그 말을 믿고 싶어졌다.

"또 질문 있어?"

"이번에는 할머니한테 질문할게요."

할머니가 장난스럽게 나를 바라봤다.

"그래, 미도가 무슨 질문을 하려나."

"왜 가게 이름이 털실아이예요?"

지금껏 엄마나 할머니에게 한 번도 물어보지 않았다는 것이 신기할 정도였다. 아마도 이번 겨울이 되어서야 털실아이가 진정으로 소중해졌기 때문일 것이다. 진심으로 아끼고 애정을 쏟을 때에야 비로소 그 대상을 깊이 궁금해하는 법이니까.

"음, 그건 말이지. 혜지와 나는 피가 아니라 실로 이어진 관계라 그렇지. 혜지가 나에게 털실아이거든."

나는 눈을 깜빡이며 멀거니 할머니를 바라봤다. 실로 이어졌다는 말이 쉬이 이해되지 않았다.

이순 할머니는 엄마와 만나게 된 이야기를 들려주었다. 할머니는 재혼 가정에서 자라 이복 자매인 언니가 있었고 그 언니를 무척 잘 따랐다. 자매는 성인이 된 후에도 서로 의지하며 친구처럼 가까이 지냈다. 그러다 언니가 젊은 나이에 네 살짜리 딸을 두고 암으로 세상을 떠났다. 아이의 아버지는 알코올 중독으로 양육이 어려운 상태였다. 이순 할머니는 할아버지와 고민 끝에 언니의 딸, 그러니까 '혜지 씨'와 함께 살기로 결정했다. 당시 할머니는 결혼한 지 오 년이 넘었지만, 아무리 노력해도 아이를 가질 수 없었다. 함께 지내다 보니 조카가 정말 딸처럼 여겨졌다. 그렇게 천천히 가족이 되어 갔다.

엄마와 할머니를 보면 때로는 친구 같았고, 때로는 가족보다 더 가까워 보였으며, 가끔은 선을 칼같이 지키는 이웃처럼 지냈다. 그 독립적이면서도 친밀한 관계에 대한 비밀이 사르르 풀렸다.

미주 언니는 이 사실을 알고 있었을 것이다. 그래서 이순 할머니에게 빚지지 말라고 내게 거듭 당부했겠지. '혜지 씨'에게 거리감을 느끼는 만큼, 그 이모인 이순 할머니는 더욱 멀게 느껴졌을 테니까.

"미도야, 사람과 사람이 이어지는 방식은 한 가지가 아니란다."

할머니의 말에 나는 나와 이어져 있는 사람들을 생각했다. 전부 다른 방식으로 연결되어 있지만, 연결되어 있다는 사실만큼은 변하지 않는 진실이었다.

어느새 이순 할머니와 나는 그릇을 전부 비웠다.

"오늘 잘 쉰 것 같으니?"

내가 고개를 끄덕였다.

"물에서 뜨는 법도 다시 알게 되었고, 무엇보다 이 냉면집을 알게 된 것만으로도 충분히 의미 있는 휴일이었어요. 앞으로 저도 여기 단골 할래요."

이순 할머니가 마지막 남은 수육 한 점을 내 앞접시에 올려 주며 말했다.

"그래도 역시 곱빼기 시킬 걸 그랬지?"

나는 고개를 끄덕이며 마지막 수육을 집어 먹었다. 그해 겨울 가장 맛있게 먹은 식사였다.

하루 종일 가호와 눈을 마주칠 수가 없었다. 가호와 나눈 마지막 대화가 얹힌 것처럼 가슴에 묵직하게 남아 있었다. 가호 역시 나를 피하는 기색이었다. 오후 내내 이어폰을 낀 채 휴대폰으로 인터넷 강의를 듣던 가호는, 마감 시간이 되자 니농마카롱으로 휙 넘어가 버렸다. 지난 나흘 동안 나의 쓸모를 생각했지만, 아직 답을 내리지 못했다. 대신 가게에 매일 나와 일손을 거들었다. 성실하기라도 해야 한다는 생각에서였다.

"오늘은 여기서 끝!"

파피용, 니농!

윤아의 외침에 윤희가 놀란 듯 벌떡 일어났다. 윤아는 학원이 이틀간 휴가라며 종일 털실아이에 머물렀다. 덕분에 가호와 어색한 상황을 모면할 수 있었다. 시선과 대화가 분산되어 가호와 나 사이의 경직된 분위기를 숨길 수 있으니까.

윤아는 하루 종일 노트북으로 영상을 편집했다. 언뜻 본 화면은 마치 미로 같았고, 단축키들은 낯선 외국어처럼 느껴졌다. 윤아는 미간을 잔뜩 찌푸린 채 편집 방법을 설명하는 유튜브 영상과 편집 프로그램을 번갈아 보았다. 일이 잘 풀리지 않는지 종종 이마를 부여잡기도 했다. 그 모습이 퍽 웃겨서, 나는 손님이 없을 때 문제집을 풀다가도 고개를 들어 윤아를 훔쳐보곤 했다.

"얼마나 했어?"

윤아가 화면 가까이 얼굴을 갖다 대며 말했다.

"일 분 삼십 초 정도 편집했어."

"애개? 오늘 하루 종일 했잖아."

"이 정도면 많이 한 거야."

"총 러닝타임이 어떻게 돼?"

"편집을 해 봐야 알겠지만, 한 삼십 분 될 것 같은데."

윤아가 개운해 보이는 표정으로 노트북을 덮었다.

"공모전에라도 내려는 거야?"

어느새 재고 정리를 마치고 테이블로 온 언니가 윤아에게 물었다.

"주제에 맞는 공모전이 있으면 내보려고요. 아니면 유튜브에 올리고요."

"멋진걸? 영상 완성되면 미도랑 가호, 그리고 나한테 가장 먼저 보여 줘야 하는 거 알지?"

"그럼요. 완성되면 출연자들한테 가장 먼저 보여 줘야죠. 조금만 기다려 주세요."

윤희의 턱을 몇 번 쓰다듬던 윤아가 언니와 나에게 인사를 한 뒤 가게를 나섰다.

가게를 마감하자 언니가 앞치마를 벗어 의자 등받이에 걸었다. 어느새 털실아이의 매대는 3분의 2가 비어 있었다. 듬성듬성해진 매대 탓에 손님 맞을 준비가 전혀 되지 않은 허술한 가게처럼 보였다. 내가 새 물건을 주문해야 하지 않겠냐고 따졌지만, 그때마다 언니는 손님이 줄어서 주문하지 않는 거라고 변명했다.

과묵한 윤희가 오늘따라 짖어 댔다. 유리문 앞에 커다란 그림자가 서성이고 있었다. 뒤늦게 찾아온 손님인 것 같았다. 팻말의 'open' 면이 여전히 바깥쪽을 향해 있었다.

"윤아도 참, 나가면서 팻말 뒤집어 달라니까."

손님을 맞으러 일어서려 하자, 언니가 내 어깨를 눌러 억지로 다시 앉혔다.

"나 먼저 갈게. 더 할 일도 없으니까 불 끄고 문 잘 잠그고 가. 윤희 잘 챙기고."

언니의 시선을 따라 유리문 너머를 보니, 늦게 온 손님은 태호 오빠였다. 언니와 오빠를 번갈아 보다가 나는 괜히 얼굴이 홧홧해졌다.

언니가 가게를 나간 지 오 분쯤 지났을 때, 나도 집에 갈 채비를 했다. 가게 문을 잠그고 나오는데 불 꺼진 니농마카롱 앞에 가호가 서 있었다. 나는 윤희의 리드 줄을 꽉 움켜잡았다. 조금 전 털실아이에서 넌지시 니농마카롱을 훔쳐봤을 때만 해도 가호는 가게에 남아 베이킹 연습을 하고 있었다. 우리는 시선을 피하지 않고 잠시 눈을 맞췄다. 요즘 니농마카롱은 저녁 다섯 시가 되기도 전에 문을 닫는 일이 잦아졌다.

가호가 머뭇거리다가 나에게 다가왔다.

"이제 집에 가?"

그때 가게 옆 골목에 미주 언니와 태호 오빠가 보였다. 둘은 심각한 얼굴로 대화하고 있었다. 멀리 가지 않고 이 근처에 있을 줄이야. 괜히 마주쳐서 어색한 상황을 만들고 싶지 않았다. 어쩌면 지금이 둘에게는 결전의 순간일지도 모르니까.

내가 검지를 입술에 대고 가호에게 조용히 하라는 신호를 보냈다. 그러곤 오른쪽으로 몸을 틀고 앞만 보며 걸었다. 윤희가 계속 뒤돌아 언니를 쳐다봤지만, 다행히 짖지는 않았다.

"무슨 일 있어?"

나를 따라온 가호가 얼굴을 바짝 붙이고 물었다. 그때 설탕과 버터가 섞인 달콤한 향이 스쳤다. 나는 도망치듯 고개를 돌리고 목도리에 코를 파묻었다. 힐긋 뒤를 돌아봤다. 가로등에 가려 잘 보이지 않았지만, 언니와 오빠가 손을 맞잡은 것 같았다. 화해에 이른 걸까? 이제는 언니와 거리가 꽤 벌어져 조금은 편하게 목소리를 내도 될 것 같았다.

"휴, 이제 됐어."

가호는 설명이 필요하다는 얼굴로 나를 집요하게 바라봤다. 그 시선이 부담스러워 나는 딴소리를 했다.

"나 윤희랑 산책할 건데."

"산책 금지령 풀린 거야?"

"그런 것 같아."

언니는 내가 윤희와 단둘이 나가는 걸 몇 번 눈감아 줬다. 아침저녁으로 두 번씩 윤희를 산책시키는 일이 슬슬 귀찮아진 탓인지도 몰랐다.

"나도 같이 가도 돼?"

가호가 조심스럽게 물었다. 나는 말없이 고개를 주억거렸다. 윤희도 가호와의 동행이 좋은지 꼬리를 프로펠러처럼 돌렸다.

하지만 막상 같이 걷고 나니 괜히 산책을 하자고 한 것 같았다. 우리의 대화는 두 마디 이상 이어지지 못했다. 나는 대화의 공백이 의식돼 일부러 신발을 끌며 소음을 냈다.

"나에게도 동생이 있었어. 윤희보다는 훨씬 작았지. 품에 안으면 가슴과 팔을 포근하게 덮혀 주던 아이였어. 옷에 하얀 털을 잔뜩 묻혀서 곤란하긴 했지만."

가호가 이 이야기를 꺼낸 건 혼잡한 사거리 횡단보도를 건널 때였다. 퇴근 시간대라 도로는 차들로 꽉 막혀 있었다. 거친 엔진 소리 때문에 가호의 목소리가 물에 잠긴 것처럼 먹먹하게 들렸다. 나는 가호가 '동생이 있었어'라고 과거형으로 말한 것에 신경 쓰며 잠자코 다음 말을 기다렸다.

"파피용이라는 견종이었어. 귀가 나비 날개처럼 활짝 펼쳐진 게 정말 귀여웠지. 우유처럼 하얀 몸에 캐러멜색 얼룩이 있었고."

가호가 장난스럽게 웃으며 두 손바닥을 머리 위에 붙여 보였다. 웃고 있었지만 슬픔을 애써 감추려는 게 보였다. 그 노력이 나를 더 슬프게 만들었다.

"파피용?"

베르나르 베르베르의 소설이 떠올랐다. 이순 할머니가 좋아하는 SF 소설이었다. 할머니는 '파피용'이 프랑스어로 '나비'를 뜻한다고 하면서 소설에 등장하는 거대 우주선의 이름이라고 말해 주었다. 할머니가 들려준 소설의 줄거리는 자세히 기억나지 않았지만, 지구를 떠나 다른 행성으로 향하던 인물들의 여정이 마치 애벌레가 나비가 되어 날아오르는 모습과 닮아 있었다는 것만은 어렴풋이 떠올릴 수 있었다.

"응, 파피용. 이름은 '니농'이었어. 엄마가 좋아했던 프랑스 소설의 주인공 이름을 따서 지은 거야."

"그래서 너희 가게 이름이 니농이구나."

"맞아. 그때 나한테는 니농밖에 없었어."

가호의 목소리가 쓸쓸하게만은 들리지 않았다. 가호 곁에 있어 준 것이 니농뿐이었다는 게 아니라, 니농이 가호의 전부가 되어 주었다는 말로 들렸기 때문이었다.

가호가 이전 학교에 다닐 때, 가호의 어머니가 아이스 크림 와플 가게를 운영한다는 이야기가 아이들 사이에 퍼졌다. 몇몇 아이는 일부러 그곳에 찾아가 와플을 종류 별로 사 먹고는 가게의 위생 상태가 엉망이고 맛도 없 다는 말을 퍼뜨리기 시작했다. 헛소문이라 여기며 대수 롭지 않게 넘긴 게 문제였을까. 아이들은 계속해서 말을 부풀려 옮겼다. 가호 어머니의 큰 몸집을 흉보는 말까지 오갔다. 불과 일주일 만에 가호는 혐오의 대상이 되어 있었다. 급기야 가호의 몸에 손을 대는 아이들도 나타났 다. 이유 없이 표적이 되는 것만큼 무서운 일은 없었다. 그저 아이들이 자신에게서 관심을 거두길 기다리는 것 외에는 멸시에서 벗어날 방법이 보이지 않았다. 게다가 당시 어머니의 가게가 연달아 폐업하는 바람에 그 여파 로 가호의 부모님은 잠시 불화를 겪었다. 가호의 시선이 자꾸만 안으로 향하던 시절이었다.

그러던 어느 날 가호는 가게 앞에 놓인 상자를 발견했다. 그 안에는 한 살도 채 안 돼 보이는 작은 강아지가 있었다. 가호를 괴롭히던 애가 일부러 가게 앞에 버리고 간 것이다. 가호는 아픈 새끼 강아지를 외면할 수 없어 직접 키우기로 결정했다. 병균이 있다느니, 그런 강아지를 기르며 계속 영업하는 건 말도 안 된다느니 시비를 거는 말들이 뒤따랐다. 그 이후로도 아이들의 괴롭힘은 계속되었다. 가게가 폐업할 때까지.

소문이 어떻든, 새끼 강아지가 어디에서 왔든 가호는 상관하지 않았다. 병원에 데려가 치료를 받게 하고 직접 젖병을 물려 밥을 먹였다. 죽을지도 모른다던 니농은 놀라운 생명력을 보여 주며 자랐다.

가호는 니농과 동네 곳곳을 산책하며 위안을 받았다. 니농과 함께 걸으면, 가호에게 혹독하기만 했던 도시가 일순 다정한 얼굴을 한 사람들과 모서리가 둥근 건물들로 이루어진 산뜻한 곳처럼 여겨졌다.

"그런데 지난겨울에 산책하다가 내가 줄을 놓쳐 버리고 만 거야. 니농이는 그대로 사라졌고. 정말 간절하게 찾아다녔는데 어디에도 없었어. 며칠 뒤에 동물병원에서 연락이 왔는데, 어떤 사람이 차에 치인 니농이를 동물병원으로 데려왔다고 하더라. 인식표를 보고 전화를 건 거지. 턱뼈랑 갈비뼈가 부러졌고 출혈도 심하다고 했어. 멀리 있는 동물병원이어서 곧바로 엄마랑 같이 출발했는데…… 가는 도중에 병원에서 다시 전화가 왔어. 니농이가 죽었다고."

순간 가슴이 무겁게 내려앉았다. 윤희도 이제 나이가 많아 아픈 날이 더러 있었다. 그럴 때마다 윤희가 무지개다리를 건너는 모습을 상상하곤 했다. 상상만으로도 너무나 고통스러웠고 실제로 뻐근한 통증이 심장께에서 느껴지기도 했다. 가호는 니농의 죽음을 겪으며 마음이 부서져 내리는 고통을 감당해야 했을 것이다.

나는 문득 밍밍한 밀크티를 마셨던 날이 떠올랐다. 내가 리드 줄을 놓쳤을 때, 가호는 죽을힘을 다해 윤희를 쫓아갔다. 가호는 그날 달아나는 윤희를 보며 본능적으로 니농을 떠올렸을 것이다. 그래서 그렇게 슬픈 얼굴을 하고 있었다는 걸, 나는 이제야 알게 되었다.

"그 먼 동네까지 걸어가면서 니농이는 무슨 생각을 했을까? 아마도 나를 많이 미워했겠지?"

"너를 미워하지 않았을 거야, 내가 확신해. 하지만 니농이는 네가……."

나는 당장이라도 눈물이 터질 것 같아 잠시 말을 멈추고 숨을 골랐다.

"가호 네가 아주 많이 보고 싶었을 거야."

가호는 상실 속에서도 일상을 재건하려고 노력했지만 번번이 실패했다. 슬픔이 또 다른 슬픔을 불러오는 나날이었다. 한동안 방에만 틀어박혀 지내다 보니 아침에 눈을 뜨는 일조차 버거워졌다. 가호는 사람이 슬픔에 잠식되는 건 한순간이라고, 마음의 전구가 꺼지고 캄캄한 터널을 하염없이 걷는 날이 끝날 듯 끝나지 않고 이어져 사람을 침잠시킨다고 했다. 가호도 얼마 전까지 우리 엄마처럼 그런 시간을 지나온 걸지도 몰랐다.

가호네 집은 아이스크림 와플 가게 문도 닫고 이 도시로 이사 왔다. 하지만 학교라는 공간에 거부감을 끝내 이겨 내지 못한 가호는 장기 결석을 하게 되었고, 어머니와 단둘이 집에 머무는 시간이 늘어났다. 가호는 마음의 허리를 다친 상태였다.

가호 어머니는 그런 아들을 위해 집에서 각종 과자를 굽기 시작했다. 그중에서도 마카롱은 오랜만에 가호를 웃게 만들었다. 그 작고 동그란 과자에서 이상하리만큼 위안을 주는 단맛이 느껴졌다. 그 모습을 본 어머니는 이것이 마지막이라는 생각으로 마카롱 가게를 열기로 결심했다. 마침 빌라 1층의 작은 가게가 임대로 나왔고, 가호가 다시 바깥으로 나가길 바라는 마음으로 그 자리에 니농마카롱을 열었다.

가게가 문을 연 뒤, 가호는 천천히 회복하기 시작했다. 가을부터는 혼자 산책을 다닐 정도로 기력이 돌아왔고, 조리 고등학교라는 목표도 생겨 학원에 다니기도 했다. 여전히 같은 학교 학생들과 엮이는 것이 두려워, 멀리 시내에 있는 소수 정원 학원을 선택했지만.

"나는 방학이 끝나는 게 무서워. 사람 많은 시내도, 나보다 족히 열 살은 많은 어른들이랑 수업 듣는 것도 다 괜찮은데, 이상하게 학교에 가는 건 여전히 힘들어. 이런 걸 트라우마라고 하나 봐."

내가 교복을 입고 니농마카롱에 갈 때마다 사장님이 가호를 매대로 불렀던 건, 가호가 조금이라도 마음을 열길 바라는 마음에서였을 것이다. 가호는 자기 안에서 일어나는 저항을 견뎌 내며 매번 매대 앞으로 나와 내 주문을 받아 주었다. 나를 그런 가호에게 고마웠다. 나를 피하지 않아 줘서, 노력해 줘서, 밖으로 나와 줘서.

"네 생각보다 학교는 괜찮을 거야."

"왜?"

"우선 너희 담임 선생님처럼 좋은 선생님이 많이 계셔. 아, 너희 담임 선생님 내년에 3학년 담임을 맡으실 예정이래. 선생님들하고 친한 윤아가 알아낸 사실이니까, 신빙성 있는 이야기야."

나는 1반 담임 선생님이 얼마나 사려 깊은지에 대해 이야기했다.

"하긴, 나를 위해 허리를 다쳤다는 거짓말을 하신 걸 보면 세심한 분 같아."

"학교 다니는 게 베이킹보다 쉬울 거야. 너는 맛있는 디저트도 척척 만들잖아. 그리고…… 이제는 내가 있잖아. 윤아도 있고."

내가 주먹으로 가호의 어깨를 툭툭 쳤다. 자신감을 가지라는 의미였다.

그때 휴대폰이 진동하며 메시지가 쏟아졌다. 윤아였다.

"와! 방금 반 배정이 나왔는데 우리 셋, 같은 반이래! 담임 선생님이 누굴까? 궁금해서 개학 날까지 어떻게 기다리지?"

내가 휴대폰을 가호에게 내밀었다. 가호는 긴장이 섞인 미소를 지으며 다행이라고, 아주 작은 목소리로 말했다.

우리 집 앞에 이르렀을 때쯤, 나와 가호는 미리 맞추기라도 한 듯 다시 반대 방향으로 걷기 시작했다. 아무래도 긴 산책이 될 것 같았다. 추위에 허벅지가 텄는지 슬슬 가려웠지만, 언제까지고 견딜 수 있을 것 같았다. 그렇게 얼마를 더 걸었을까, 윤희가 지쳐 보여 우리는 공원 벤치에 앉아 잠시 휴식을 취했다. 윤희는 간식을 먹고 나자 만족스러운 듯 내 발밑에 앉아 숨을 골랐다.

가호가 남은 물을 전부 마시고 손등으로 입가를 쓱 닦더니 다소 결연한 표정으로 말했다.

"네가 조급해하는 만큼 나도 마음이 조급해. 가게가 이대로 사라질까 봐 두려워. 가장 힘든 시기에 마음의 아지트가 되어 준 만큼, 니농마카롱이 소중해. 이렇게 소중한 엄마와 나의 가게가 이번 겨울을 무사히 넘길 수 있었던 건 전부 미도 네 덕이야. 고마워."

나는 부끄러워 시선을 아래로 떨구었다. 이런 말을 들을 자격이 없는 것 같았다.

"그리고 미안해. 그때 너에 대해 함부로 말한 거. 모두가 각자의 역할을 할 수 있었던 건 전부 네 덕분이었어. 미도 네가 가게를 지키겠다고 나서지 않았다면, 이번 겨울에 아무 일도 일어나지 않았을 거야. 나는 따분하게 방학을 버텨야 했겠지, 한편으로는 개학을 두려워하면서 말이야. 우리를 움직인 건, 너만이 할 수 있는 일이었어."

이 말을 하고 싶어서, 가호가 자신의 소중한 추억과 고통스러운 과거를 나에게 보여 주었다는 것을 깨달았다. 가슴속 깊이 잔잔한 파도가 이는 것 같았다. 누군가의 진심을 아는 일은 이토록 어렵고 아팠지만 그만큼 소중했다. 오늘 밤 가호에 대해 알게 된 만큼, 혹은 그 이상으로 가호에 대해 모르는 것들이 또 생겨날 것이다. 하지만 그 사실이 더는 두렵지 않았다. 드넓은 미로 속에서 길을 잃어도 괜찮았다. 모든 마음을 다 알 순 없다. 헤매고 기다리고 때로 소리도 치다 보면 언젠가 '아, 네가 거기 있었구나' 하고 깨닫는 날이 또다시 올 테니까. 서로의 거리가 그리 멀지 않았다는 사실을 알게 될 테니까.

"네 말을 듣고 나의 쓸모를 고민했어. 아주 어려운 숙제더라."

나는 숨을 크게 들이쉬고 이어 말했다.

"있잖아, 사실 나는 남몰래 동화를 쓰고 있어."

"동화?"

"응. 글 쓰는 걸 좋아하거든. 막연하게 말이야."

파피용, 니농!

가호는 내가 말한 '막연함'에 대해 이해했다는 듯 고개를 끄덕였다. 부스스 흔들리는 가호의 갈색 머리카락이 청량하게 느껴졌다. 그때 처음 만났을 때처럼 귤 향이 났다.

"내가 쓴 동화로 두 가게에 도움이 되는 일을 해 보고 싶었어. 그런데 결국 이야기를 완성하지 못했어. 아직 좋은 결말을 찾지 못했거든. 동화가 슬프게 끝나면 이상하잖아. 나는 한 번도 그런 동화를 읽어 본 적이 없어. 그런데 내 이야기 속 주인공은 너무 약해서 아무것도 바꿔 놓지 못해. 이대로라면 결국 새드 엔딩일 것 같아."

가호는 잠시 생각에 잠긴 듯 보였다.

"있잖아, 내가 구운 디저트들은 엄마 것처럼 완벽하지 않아. 덜 부풀거나 토핑이 망가진 게 많아. 그런데 네 덕에 용기를 냈고, 그 디저트들을 털실아이에 온 사람들에게 선보일 수 있었어. 놀랍게도 B급 디저트를 맛있게 먹어 주는 사람들이 있더라. 아주 행복한 표정을 하고서 말이야. 나조차 몰랐던 맛을 딱 짚어서 표현해 주는 사람도 있었고. 나는 만드는 사람으로서 최선을 다했지만, 그 디저트를 완성하는 건 결국 먹는 사람의 몫이더라. 글도 마찬가지 아닐까? 작가가 최선을 다해 이야기를 써도, 그 결말을 완성하는 건 독자의 몫일 거야. 어떤 결말이든, 네가 선택한 그 결말에 웃는 사람이 분명 있을 거야."

나는 가호의 옆얼굴을 지그시 바라봤다. 처음 만났을 때보다 가호의 얼굴선이 조금 더 굵어진 것 같기도, 어깨에 힘이 생긴 것 같기도 했다. 어쩌면 내가 알아보지 못했을 뿐, 원래 강한 아이였을지도 모르겠다.

그때 갑자기 윤희가 다른 강아지를 보고 컹컹 짖었다. 놀란 나는 바닥에 웅크려 앉아 윤희를 끌어안았다. 작은 몰티즈가 인상을 구기며 사납게 짖어 댔다. 윤희는 앓는 소리를 내며 내 품속에서 제자리를 돌았다. 몰티즈의 반려인이 미안하다고 외치며 리드 줄을 이끌어 빠르게 시야에서 멀어졌다.

"윤희가 자기보다 작은 강아지를 좋아해. 그래서 같이 놀자고 짖는 거야."

"니농이 있었으면 둘이 잘 지냈겠다. 니농이는 커다랗고 하얀 강아지를 잘 따르는데."

우리는 동시에 푸하하 웃음을 터뜨렸다. 품속에서 윤희가 꼬물거리는 게 느껴졌다. 이제 다시 걷고 싶은 모양이었다. 나는 윤희를 느슨하게 풀어주었다.

"다시 가 볼까?"

내가 몸을 일으켜 가호에게 말했다. 가호는 나를 물끄러미 바라보았다.

"넌 나한테 늘 친절해. 나는 너한테 잘해 준 적도 없는데."

"너한테 친절한 적 없는 것 같은데. 이번 프로젝트만 해도 같이하자고 억지 부리고, 매번 부탁만 하고……."

내가 기어들어 가는 목소리로 말했다.

"근데 어떤 친절은 시선에서 나오기도 하거든."

가호가 나와 눈을 맞췄다. 여름 방학 전까지만 해도 가호를 향한 나의 시선은, 궁금하지만 쉽게 다가가지는 못하는 망설임에 가까웠다. 한 달 사이에 우리는 부쩍 가까워졌지만, 나는 여전히 가호에 대해 더 알아 가고 싶었다. 상대를 궁금해하는 것도 친절이 될 수 있는 걸까.

"그래서 나는 너의 시선으로 쓴 글이 궁금해."

순간 얼굴에 뜨거운 기운이 돌았다. 나는 말을 돌리려고 가호에게 리드 줄을 내밀며 남은 산책 동안 윤희를 부탁한다고 했다. 가호가 리드 줄을 잡는 순간, 그의 얼굴에 잠깐 빛이 스친 것 같았다.

"미도야, 나한테 좋은 아이디어가 떠올랐어. 들어 볼래?"

오랜만에 캄캄한 밤이 그리 나쁘지 않았다. 엄마가 들려준 동화에 나온, 꼭 필요한 어둠의 의미를 이제야 제

대로 이해한 것 같았다. 정말 어떤 밤은 꼭 필요하기도
했다.

물 한 컵만큼의
오해

가호와 기나긴 밤 산책을 끝내고 집으로 돌아오자마자, 나는 방으로 들어와 탁상 달력을 확인했다. 겨울 방학이 끝나기까지 삼 주도 채 남지 않았다. 못해도 일주일 안에 동화를 완성해야 했다. 가호에게서 받은 새로운 숙제였다.

가호가 내놓은 아이디어는 구연동화였다. 털실아이에서 구연동화 행사 포스터를 본 적이 있다고 했다. 나는 이미 역사 속으로 사라진 행사라 되살리기 어려울 거라고 말하며 반대했다. 그러나 가호는 평소와 달리 나를 강하게 설득했다.

나는 노트북을 펼쳤다. 어젯밤에 보다 만 인터넷 강의 창을 닫으니 바로 한글 창이 나왔다. 하지만 동화를 완성하기에 앞서 먼저 해결해야 할 일이 있었다. 아빠와

물 한 컵만큼의 오해

언니에게 계획을 말하고 도움을 요청해야 한다. 이번만큼은 두 사람 모두 쉽게 허락해 줄 것 같지 않았다.

나는 가호에게 톡을 보냈다. 내가 가고 싶은 고등학교를 말해 주고 싶었다. 갤러리에 고이 저장해 두었던 교복 사진도 보냈다. 어서 윤아에게도 알리고 싶었다. 속내를 보이는 데 관계의 깊이는 아무런 연관이 없는지도 몰랐다. 결국 문제는, 나에게 용기가 있냐 없냐였다.

순간 놀라서 숨 쉬는 것조차 잊었다. 가호에게 보낼 메시지를 언니에게 잘못 보내고 만 것이다. 메시지 옆에 1이 사라졌다. 상대가 메시지를 읽었다는 뜻이다. 나는 서둘러 '모두에게 삭제하기'를 눌렀다. 이미 언니는 읽었겠지만.

"공미도! 공미도, 방에 있지?!"

곧바로 1층에서 나를 부르는 언니의 카랑카랑한 목소리가 들렸다. 나는 담임 선생님과 진학 상담을 하러 가는 기분으로 잔뜩 긴장한 채 부엌으로 내려갔다.

예상과 달리 언니는 내게 된장찌개 간을 봐 달라고 하더니, 이내 전화를 받으러 마당으로 나갔다. 보나 마나 태호 오빠일 터였다. 요즘 언니의 연애는 다시 순항 중이었다. 아마 언니는 태호 오빠와 톡을 주고받느라 요리하는 내내 휴대폰에서 손을 떼지 못했을 것이다. 그렇다면 내가 잘못 보낸 톡도 분명 봤을 텐데, 왜 아무것도 묻지 않는 거지? 또 무슨 꿍꿍이인 거지?

의문은 잠시 접어 두고 부엌을 살폈다. 각종 식재료가 꺼내져 있어 산만했다. 언니가 돌아온 뒤로 아빠는 퇴근을 하면 집필에 더욱 몰두했고, 저녁 준비는 전적으로 언니 담당이 되었다. 원래 언니는 요리를 좋아했지만, 아빠를 대신해야 한다는 책임감 때문인지 저녁을 차릴 때마다 은근한 스트레스를 받는 것 같았다.

나는 숟가락으로 국물을 떠먹었다. 강렬한 짠맛에 미간이 절로 찌푸려졌다. 나는 물 한 컵을 가득 따라 찌개에 부었다.

"뭐 한 거야?"

어느새 돌아온 언니가 내 등 뒤에서 물었다.

"너무 짜서 물 넣었는데?"

"야! 누가 무식하게 그렇게 물을 많이 넣어? 완전 한강 됐잖아!"

정말 냄비 속 찌개가 넘칠 것 같았다.

"더 끓이면 되지, 뭘."

내가 언니의 눈치를 보며 작게 말했다.

"세 시간 끓이게? 어떻게 가족 중에 도와주는 사람 하나 없어."

내가 무심코 넣은 물 한 컵 때문에 찌개를 망쳤다. 언니도 내가 고의로 그런 게 아니라는 걸 알았지만, 마치 일부러 그랬다는 듯이 화를 냈다. 사랑싸움도 끝났으니, 언제 모습을 드러낼지 예측할 수 없던 언니의 뾰족한 가시도 약간은 무뎌졌을 줄 알았는데…….

언니는 이때다 싶었는지 가족에 대해 온갖 불만을 쏟아 냈다. 언니 말을 듣고 있자니, 꼭 우리 가족을 싫어하는 것처럼 느껴졌다. 마치 지금껏 자기편도, 가족도 가져 본 적이 없는 사람처럼 굴었다. 하지만 나는 알고 있다. 언니는 겨울마다 엄마가 떠 준 목도리를 입술까지 올린 채 두르고 다녔고, 엄마가 선물한 장갑을 끼고 나에게 눈싸움을 걸어오기도 했다. 방울 달린 털모자는 이제 안 쓴다며 엄마에게 어린애처럼 투정을 부린 적도 있다. 그날 엄마는 미주가 자신에게 처음으로 투정을 부렸다며 남몰래 기뻐했다. 그 사실을 언니는 모르겠지만. 그 많은 겨울을 지나는 동안 언니가 두른 것은 가족의 온기가 아닌 그저 털실에 불과했던 걸까. 순간 울컥 화가 치솟았다.

"보면 언니는, 언니가 세상에서 제일 힘든 사람처럼

굴어. 뭐가 그리 힘들어서 맨날 그렇게 짜증이야?"

바쁘게 조미료를 꺼내던 언니의 손길이 멈췄다. 언니는 텅 빈 눈으로 나를 바라봤다.

"그래, 나는 내가 너무 불쌍해, 세상에서 내가 제일 불쌍하다고! 네가 뭘 안다고……."

언니는 그대로 2층으로 올라가 방문을 쾅 닫아 버렸다. 나는 어안이 벙벙해 부엌에 오도카니 서 있었다. 뒤늦게 소란을 알아차린 아빠가 서재에서 나와 된장찌개를 다시 살려 냈다. 쌈장을 넣고 십 분 정도 더 끓이자 찌개는 오히려 처음보다 더 맛있어졌다. 물론 국물 양이 어마어마해져서 중간에 더 큰 냄비로 바꿔야 했지만. 이렇게 간단하게 해결할 수 있는 문제로 언니는 왜 그렇게 화를 냈던 걸까. 그날 언니는 저녁을 먹지 않았다. 아빠는 내게 언니를 이해하라는 말만 되풀이했다.

〰 〰 〰

다음 날 아침이 밝자마자 언니가 내 방문을 열었다. 아무 일도 없었다는 듯 담담한 얼굴을 하고서.

"미도, 옷 입어."

나는 눈을 잔뜩 찡그리며 일어났다. 어제 된장찌개 두 그릇을 먹었더니 얼굴이 퉁퉁 부어 눈이 잘 떠지지 않았다. 방은 아직도 밤처럼 어두웠다. 생각해 보니 언젠가부터 방의 커튼이 두꺼운 암막 커튼으로 바뀌어 있었다. 언니가 이불을 바꾸며 커튼도 같이 교체해 둔 모양이었다.

휴대폰을 켜고 시간을 확인했다. 아침 아홉 시였다. 평소 기상 시간보다 한 시간은 일렀다. 털실아이는 열한 시에 문을 연다. 집에서 털실아이까지는 걸어서 이십 분, 마을버스를 타면 십 분이면 갔다.

"이렇게 일찍 가? 난 더 잘래."

"아니, 가게 말고 거기 가 보게, 그 학교."

"언니가 어떻게 알아?"

"그 학교 교복 예쁘기로 유명하잖아. 나도 옛날에 입시 준비하면서 그 예고 미술과 알아봤었어."

그제야 어제의 엉뚱한 실수가 생각났다. 언니는 메시지가 삭제되기 전 그 찰나에 사진 속 교복이 어느 학교 것인지 알아본 것이다.

"얼른 세수부터 하고 옷 갈아입고 나와. 나는 먼저 1층에 내려가 있을 테니까."

나는 눈을 끔뻑거리다가 자리에서 일어나 고양이 세

215

수를 했다. 생각해 보면 어제는 나 역시 말이 심했던 터라 언니의 말을 선뜻 거역하기가 어려웠다.

차로 갈 때는 한 시간 반이면 충분했지만 대중교통으로 가려니 두 시간 반이나 걸렸다. 시내버스를 타고 역으로 간 후 지하철을 한 번 환승하고 다시 광역버스를 타야 했다. 가는 동안 언니와 나는 각자 블루투스 이어폰을 꽂고 음악을 들었다. 광역버스에 올라탄 뒤로 언니는 줄곧 창밖만 응시했다. 쇼핑 앱 알림 때문에 잠시 켜진 언니의 휴대폰 화면을 슬쩍 보니, 나와 같은 노래가 재생 중이었다. 나는 휴대폰 화면을 켜 언니에게 보여 주었다. 언니는 대답 대신 피식 웃었다.

방학 기간인데도 학교는 활기가 넘쳤다. 세 개의 건물과 두 동의 기숙사 건물까지, 학교 홍보 영상으로 보던 것보다 훨씬 큰 규모에 압도당했다.

"제 동생인데, 내년에 이 학교에 입학할 거예요. 구경해도 될까요?"

언니가 경비원 아저씨에게 물었다. 나는 뭔가 부끄러웠다. '가고 싶어 해요'도 아니고 '입학할 거예요'라니.

"견학 왔구나. 대신 건물 안으로는 들어가면 안 돼요. 방학이긴 해도 잔류하는 학생들이 있어서, 기숙사 쪽으

물 한 컵만큼의 오해

로도 가면 안 되고요."

우리는 교정을 거닐었다. 나는 학교가 곧 사라지기라도 할 것처럼 교정 구석구석을 하나도 놓치지 않으려 바삐 걸었다. 언니는 군말 없이 내 뒤를 따랐다. 도서관이 있는 건물은 한쪽이 통유리라 내부가 훤히 들여다보였다. 도서관에는 학교 이니셜이 새겨진 생활복을 입은 학생도 몇 명 보였지만, 대부분은 사복 차림이었다. 방학이라 교복을 입은 학생을 보지 못해 아쉬웠다.

언니가 슬슬 출출하다면서 지하철에서 산 도넛을 내밀었다. 언니는 기본 글레이즈드 도넛을, 나는 겨울 한정으로 나온 소다 맛 필링이 들어간 크림 도넛을 골랐었다. 화려한 색으로 뒤덮인 시즌 한정 도넛을 고르면 늘 후회한다는 걸 알면서도, 엄마가 뜨개질로 만든 인형과 닮은 파스텔색 도넛 앞에서는 매번 마음이 흔들리고 말았다.

"맛없어."

내가 도넛을 먹다 말고 다시 상자 안에 넣었다.

"어쩌냐, 너 가호 때문에 디저트 기준이 높아졌나 보다."

"정말 그런가 봐."

우리는 건물을 다 둘러본 후 운동장 스탠드에 앉았다.

"사고 난 날, 여기 오는 길이었지?"

"어떻게 알았어?"

"혜지 씨한테 들었어. 나 중2이었을 때도 혜지 씨가 내가 가고 싶어 하는 고등학교에 데려와 줬거든."

"정말?"

처음 듣는 이야기였다. 문득 언니와 나의 나이 차이가 실감 났다. 내가 초등학교 1학년일 때 언니는 이미 지금의 내가 겪고 있는 진로 고민을 했을 터였다.

"응. 나 처음에 미술 한다고 했을 때 아빠가 반대 심하게 했잖아. 그냥 공부하라면서. 그때도 혜지 씨가 아빠를 설득해 줬어."

"그건 더 놀랍네. 아빠가 언니 하겠다는 걸 반대하기도 했었다니. 아빠는 늘 언니한테 져 줬잖아."

"꼭 그렇지도 않아. 나한테 늘 져 주고 편들어 준 건 혜지 씨였지."

언니는 말을 잇길 망설이며 머리카락을 매만졌다.

"그러니까 내가 하고 싶은 말은…… 내가 혜지 씨 오해한 거 알아. 사실 다 아는데 억지 부렸어. 나 원래 이런 거 알잖아, 미안."

"사과는 나 말고 엄마한테 해야 하는 거 아니야?"

물 한 컵만큼의 오해

내가 장난스럽게 눈을 흘겼다.

"이럴 땐 또 예리하다니까. 알아, 그건 내가 알아서 할게."

어쩌면 엄마를 대신해 오늘 나를 이곳에 데려와 준 것이 언니만의 사과 방식일지도 몰랐다.

"가만 보면 언니는 엄마를 참 좋아하는 것 같아. 응, 확실히 좋아해."

"뭐래. 어쨌든 혜지 씨는 좋은 어른이야. 좋은 엄마고."

언니는 나의 말에 긍정도 부정도 하지 않고 어물쩍 넘어갔다.

"……그러면 우리를 낳은 엄마는 어떤 사람이었어?"

언니에게 친엄마에 관해 묻는 건 처음이었다. 이 질문 이 어떤 방식으로 언니를 뒤흔들지 알 수 없어서 늘 망설여 왔다. 하지만 오늘만큼은 언니에게 묻고 싶었다. 언니의 추억 속으로 사라진 엄마가, 언니에게는 어떤 사람 이었는지.

"아빠한테 좋은 사람은 아니었어. 그렇다고 우리에게 도 나쁜 사람이었다는 건 아니야. 괜찮은 엄마였어."

언니가 해석하기 어려운 표정을 지었다. 마음이 어지 럽거나 곤란할 때 자주 짓는 표정이었다. 나는 속으로 나만의 해석을 늘어놓으며 언니를 오해하기보다, 이번에는 기다리기를 택했다. 내가 언니에 대해 잘 알지 못한다는 걸, 그리고 모르는 것이 당연하다는 걸 받아들이면서.

"그래? 그렇다면 다행이네."

나는 가볍게 웃어 보였다.

"······넌 내 생각보다 늘 더 강한 것 같아. 내가 아직도 온전히 이해하지 못해 괴로워하고 있는 일을, 너는 일찌감치 가뿐하게 이겨 낸 것처럼 보여. 나는 그 일에 마음을 다 써 버렸는데 말이야. 자매인데도 참 달라, 신기해."

언니 안에는 열한 살의 언니가 사는 듯했다. 어떤 시절의 기억은 시간이 지날수록 더 선명해지고 단단해져 끝내 생명력을 얻는 걸까. 그렇게 그 시절의 모습 그대로 마음속을 들쑤시며 살아가는 걸까······ 지금 언니 마음에 살고 있는 열한 살의 언니는 어떤 표정을 짓고 있을지 궁금했다. 나보다도 어린 열한 살의 언니에게, 지금 나는 무슨 말을 해 줄 수 있을까?

"그러면 이제부터 언니라고 불러!"

"내가 할 것 같니?"

언니가 돌아앉아 나처럼 학교 건물을 바라봤다.

물 한 컵만큼의 오해

"직접 보니까 학교는 어떤 것 같아?"

"너무 좋아, 다닐 수만 있다면 얼마나 좋을까!"

내가 두 팔을 활짝 펼쳤다. 정말 엄마의 말대로 실제로 학교를 보니 내 시선이 어디를 향하고 있는지 정확히 알 수 있게 되었다. 앞으로 남은 중학교의 시간을 어떻게 채색해 나갈지 윤곽이 잡힌 기분이었다. 그러자 마음이 분주해졌다.

"언니, 나 요즘 글 쓴다?"

"어떤 글?"

나는 언니에게 내가 쓰고 있는 동화에 대해 고백했다. 가호와 기획하고 있는 구연동화에 대해서도.

"이번이 마지막이야."

언니가 무릎을 털고 일어나며 짜증 섞인 목소리로 말했다. 언니는 나와 멀리 있는 것 같다가도, 내가 부르면 언제나 손을 뻗어 준다. 제멋대로에다가 짜증도 많지만, 언니가 있어서 나는 정말 좋다.

나도 언니를 따라 일어났다. 언니가 성큼 다가오더니 나를 올려다봤다.

"그런데 너, 언제 나보다 큰 거야? 고작 중학생 주제에."

"진짜 언니라고 부를 생각은 없어?"

언니가 웃음을 터트렸다. 그렇게 웃는 얼굴은 오랜만
이었다.

언니와 헤어진 후, 나는 혼자 병원으로 향했다. 엄마
의 병문안을 가지 않는 언니가 전처럼 서운하게 느껴지
지는 않았다. 언니와 엄마는 그들만의 방식으로 오해를
풀고 공백을 채워 나갈 테니까. 그러기까지는 많은 시간
이 필요할지도 모르지만.

"오늘은 마카롱 없어."

내가 엄마 옆으로 비집고 들어가 침대에 앉으며 말했
다. 이렇게 가까이 앉으니, 엄마의 환자복에서 옅은 라벤
더 향이 났다. 처음 입었을 때는 빳빳했는데, 어느새 엄
마의 몸에 맞게 적당히 부드러워졌다.

"오늘은 디저트가 당기지 않아."

"웬일로?"

"아까 점심을 배부르게 먹었거든. 디저트 배가 남아
있지 않네."

"지난주보다 추위가 한풀 꺾여서 입맛이 돌아왔나

물 한 컵만큼의 오해

보다."

"정말 그런가 봐."

엄마가 자신도 몰랐다는 듯 고개를 갸우뚱했다.

엄마의 표정이 미세하게 편안해 보였다. 오랜만에 보는 그림자 없는 얼굴이었다. 할머니의 말대로 정말 지난했던 이 겨울이 슬슬 지고 있는 걸까. 엄마는 긴 잠에서 깨어날 준비를 시작한 것인지도 몰랐다. 그러나 엄마의 오른손은 여전히 파르르 떨리고 있었다. 내 시선을 의식한 듯 엄마는 양팔을 교차해 팔짱을 꼈다.

하루아침에 씻은 듯 나을 수 없는 병, 호전과 악화를 반복하는 병. 블로그부터 유튜브까지, 엄마의 병에 대해 찾아봤던 내용들을 속으로 되뇌었다. 이 병의 적은 조급함이었다.

"우리 딸은 무슨 고민이 있어 보이네."

"들어 줄 거야?"

"그럼. 그동안 마카롱 배달해 준 값으로."

"나 동화를 쓰고 있어. 그런데 잘 써지지 않아."

"글이라면 아빠한테 물어봐도 될 텐데."

"요즘 아빠는 역사 소설 쓰느라 서재에서 나오질 않아."

내가 뽀로통하게 한쪽 볼에 바람을 넣었다.

"어디에서 이야기가 막혔는데?"

"해피 엔딩을 쓰고 싶은데 뜻대로 안 돼. 주인공은 아직 행복하지 않은데 이야기는 벌써 끝나 버려. 도저히 밝은 쪽으로 나아가지 않아. 내 마음이 비뚤어진 걸까?"

내가 쓰다 만 이야기 속에서 털실아이는 여전히 홀로 비를 맞고 있다. 아직 세상 밖으로 발을 내딛지도 못했는데 허무하게 사라져 버릴 것만 같았다. 나는 그 장면에서 한 발짝도 나아가지 못했다. 털실아이가 이대로 사라지게 내버려 두고 싶지 않았다. 누군가 우산을 씌어 줄 수는 없을까. 아니면 털실아이가 자신을 지켜 낼 뾰족한 방법은 없는 걸까. 머리 한쪽이 딱딱하게 굳은 것처럼 답답했다.

"미도는 왜 해피 엔딩을 쓰고 싶어?"

"그야 동화니까. 동화를 읽는 사람들은 그 누구도 슬프지 않은 결말을 원하잖아."

"아니야. 누군가에게는 슬픈 동화가 필요해. 또 어떤 사람에게는 잔혹 동화가 필요할 수도 있지. 그리고 어느 정도 슬픔이 동반될 때 비로소 진정한 해피 엔딩이라고 느끼는 사람도 있을 거야. 미도의 동화가 어떤 결말이든 독자들은 그 속에서 자기만의 의미를 어떻게든 찾아낼 거야. 아무리 비극적 결말이라고 해도 말이야. 그러니까 미도만의 엔딩을 보여 주면 돼. 남들이 정해 놓은 결말의 공식을 따를 필요는 없어. 분명 미도만이 쓸 수 있는 결말이 있을 거야."

"나만의 엔딩……."

가호도 비슷한 말을 해 준 적이 있다. 결국 그 결말을 완성하는 건 독자의 몫일 거라고. 내 앞을 가로막고 있던 얇은 유리판이 깨지는 것만 같았다.

엄마가 팔짱을 풀고 오른손으로 내 왼손을 꼭 잡았다. 엄마 손의 떨림이 선명하게 느껴졌다. 내가 그 손을 꼭 잡자 이내 떨림이 멈췄다. 마치 처음부터 떨린 적이 없었다는 듯이.

"……엄마, 그날 기억나? 우리 사고 난 날."

마음속을 떠돌던 질문이 입술을 비집고 나와 버렸다. 언니의 마음에 열한 살의 언니가 살고 있듯, 내 마음에도 사고가 났던 그날의 내가 살고 있는지도 몰랐다.

"그럼, 잊을 수가 없지. 너무 아팠으니까. 살면서 그렇게 아팠던 적은 없었지."

"그때 차 안에서, 그러니까 뒤집힌 차 안에서…… 엄마는 웃었지? 그건 미소였지?"

오해가 오해를 낳는 악순환을 반복하기보단, 엄마에게 제대로 확인해 보고 싶어 용기 내 물었다. 혹시 내가 잘못 본 걸지도 몰랐으니까.

"응, 웃었지."

입술이 파들파들 떨렸다. 나는 마음을 다잡고 계속 참아 왔던 말을 꺼냈다.

"종종 엄마를 해치고 싶었던 거야? 오래전부터 그런 충동이 들었어?"

엄마는 나를 가만히 바라보다가 오른손으로 나의 눈 밑을 지그시 눌렀다. 엄마의 손은 더 이상 떨리지 않았다.

"밤새 그 생각을 하느라 눈 밑이 컴컴했구나."

엄마의 눈 밑은 환했다. 병원에 있는 동안 잠을 많이 잔 덕분일 것이다.

"미도야, 그 미소는 그런 뜻이 아니었어."

"그러면?"

"그건 안도의 미소였어. 네가 아니라 내가 다쳐서, 미도 네 몸은 깨끗해서 다행이라고 생각했어. 그래서 나도 모르게 웃음이 나왔어."

엄마가 나를 향해 웃었다. 마치 먼동이 트듯, 엄마의 얼굴 전체가 희붐하게 밝아졌다. 앞으로 나는 사람의 마음을 오해하고, 재단하고, 단정하는 실수를 몇 번이고 반복할 것이다. 그렇다고 하더라도 상대방의 마음을 들여다보려는 노력을 멈추지 않으리라는 걸 어렴풋이 알 수 있었다.

매일이
밸런타인데이

윤아가 가게 구석에 삼각대를 설치했다. 나는 테이블 위에 가지런히 놓인 동화책들의 모서리를 맞추며 괜히 정리하는 척했다. 들뜬 분위기 속에서 평정심을 유지하는 게 쉽지 않았다.

"내가 그럴 줄 알았어."

윤아가 카메라 위치를 조정하며 구시렁거렸다.

"뭐가?"

"너 딴마음 품고 있을 줄 알았다고. 고등학교 얘기만 나오면 말 얼버무리는 거 다 티 났다고."

방금 막 윤아에게 예고 입시를 볼 거라고 털어놓은 참이었다. 아직 가족에게는 공식적으로 선언하지 못했지만, 가족들의 반응이 어떻든 상관하지 않고 내 선택에 충실할 거라고도 말했다.

"늦게 말해 줘서 서운해?"

"공미도치고는 빨리 말한 거지. 또 망설이다가 말 안 하고 졸업했으면 어쩔 뻔했어."

우리는 잠시 서로의 눈을 마주 보다가 실없는 웃음을 터트렸다. 불현듯 윤아와는 오래도록 친구로 남게 되리라는 예감이 들었다.

"오늘이 마지막 촬영이지?"

"아니. 우리 방학 끝나기 전에 에필로그 느낌으로 하루만 더 촬영하려고. 너희 어머님 퇴원하고 돌아오시면 인터뷰도 해야지."

내가 윤아 앞으로 성큼 다가갔다.

"윤아야, 만약에 이 다큐의 결말이 해피 엔딩이 아니어도 괜찮아? 너도 알다시피 털실아이랑 니농마카롱은……."

나는 말을 끝까지 잇지 못했다. 가게가 문을 닫을지도 모른다는 결말을 암시하는 말이었으니까. 매대가 초라해진 털실아이와 문을 여는 날이 점점 줄어든 니농마카롱의 변화를 윤아가 모를 리 없었다. 겨울 방학 내내 윤아는 누구보다 세심한 눈으로 두 가게를 지켜보며 카메라에 담아 왔으니까.

"너 지금 모공까지 보여."

카메라에 너무 바짝 붙어 서 있었던 모양이다. 나는 허둥지둥 뒷걸음질을 쳤다.

"걱정도 많다. 겁도 많고."

나는 윤아의 말에 반박하지 못한 채 수심에 잠긴 표정을 그대로 내비쳤다.

"괜찮으니까 표정 풀어. 내 영상은 두 가게를 담으려는 게 아니야. 나는 사람이 주인공인 다큐멘터리를 만들고 싶어. 가게의 결말과 내 영상의 결말은 별개라는 뜻이야."

윤아가 검지로 나를 가리키며 말을 이었다.

"그러니까 네가 방학 동안 나름 즐거웠다면, 그게 내 다큐멘터리의 해피 엔딩인 거야."

"나?"

나도 검지로 나를 가리켰다.

"네가 이 다큐멘터리에서 해피 엔딩을 만들 수 있는 유일한 사람이잖아. 이 거대한 프로젝트를 시작한 사람이 너니까."

"갑자기 주인공으로서 부담이 느껴지는데?"

"진작에 부담 좀 느끼지 그랬어. 인터뷰 좀 더 잘해 줬으면 좋았을 것을! 어찌 됐든 지금까지의 촬영이 허탕은 절대 아니야. 이 진 피디가 확신한다니까."

윤아는 과장된 동작으로 내 양어깨를 꽉 붙잡았다.

"나의 주인공! 자신감을 가지라고!"

내가 세차게 고개를 끄덕였다.

오늘은 대망의 디데이였다. 털실아이에서 삼 년 만에 구연동화를 재개하는 날이었다. 윤아 말대로 기죽어 있을 수도, 죽상을 하고 있을 수도 없었다. 가만히 있는 건 더더욱 할 수 없었다.

"미도야, 이리 와서 의자들 좀 펼쳐 줄래?"

아빠는 허리를 숙인 채 테이블 위치를 조정하고 있었다. 해끗해진 정수리가 훤히 들여다보였다. 소설을 쓰며 고민이 많은지 부쩍 흰머리가 늘어난 듯했다. 나는 아빠를 도와 접이식 의자를 펼쳐 포물선 모양으로 놓기 시작했다.

아빠가 흔쾌히 돕겠다고 한 것은 뜻밖이었다. 나는 동화를 완성한 후 아빠에게 보여 주며 구연동화 행사를 하고 싶다는 포부를 밝혔다. 노트북 속에 있던 글을 종이로 인쇄하는 데까지도 엄청난 용기가 필요했다. 아빠는 언제나 그랬듯 서재 책상에 앉아 내 동화를 읽었다. 사락사락, 종이가 한 장 한 장 넘어갈 때마다 눈물이 차올랐다. 아빠의 감상을 듣는 게 두려웠다. 혹평을 하며 이야기의 많은 부분을 고쳐야 한다고 해도 받아들이겠다고 마음먹었지만, 긴장되는 건 어쩔 수 없었다. 스스로 아직 부족하다는 걸 잘 알고 있었으니까.

"역시 엉망이지? 좋은 이야기라 할 수 없지?"

아빠가 마지막 페이지를 읽고 있을 때, 나는 기다리지 못하고 따지듯 물었다. 아빠가 그렇게 엄하게 말해 주길 바라는 사람처럼. 아빠는 대답 대신 손으로 내 원고를 부드럽게 몇 번이고 쓰다듬었다. 마치 어린 시절 아빠의 퇴근을 기다리다 먼저 잠들었던 날, 아빠가 내 방에 들어와 살그머니 이불을 덮어 주며 머리를 쓰다듬어 주던 그때처럼. 잠결에 어렴풋이 느꼈던 그 손길이었다.

"좋은 이야기야. 한번 해 보자."

아빠는 나의 미숙함과 서투름까지도 이야기의 일부로 받아들였을 것이다. 이런 동화 역시 누군가에게는 분명 필요하다고 믿었기 때문이리라. 엄마가 나에게 말해 주었던 것처럼.

우리는 엄마와 아빠의 동화 한 권, 그리고 내가 쓴 동화를 구연하기로 결정했다. 가호와 가호 어머니도 이번 행사를 위해 바쁘게 움직였다. 손님들이 구연동화 입장권을 가지고 니농마카롱에 가면, 마카롱과 과자를 할인해 주는 이벤트도 준비했다. 가호는 방학 동안 갈고닦은 실력을 발휘해 다양한 디저트를 만들었다. 폭신한 마들렌과 슈 그리고 푸딩같이 생긴 까눌레까지. 나는 가호의 손에서 달콤하고 귀여운 디저트들이 탄생하는 장면을 바로 옆에서 지켜봤다. 성공률이 70퍼센트였기에 실패한 것들은 나와 윤아, 가호가 함께 나눠 먹었다. 실패라고 해 봤자 토핑이 흐트러졌거나 모양이 조금 망가졌을 뿐 맛은 똑같았다. 가호가 만든 디저트는 먹고 또 먹어도 질리지 않았다.

다소 급하게 준비된 행사라 참여자가 있을지 걱정했는데, 다행히 여덟 명의 어린이 손님들과 그 부모님들이 털실아이를 찾아와 줬다. 대부분 아빠와 안면이 있는, 전에 구연동화 행사에 참여한 적이 있는 사람들이었다.

마카롱과 과자는 날개 돋친 듯 팔려 나갔다. 달콤한 디저트 덕분에 아이들은 자리에 얌전히 앉아 공연을 기다렸다. 잠시 후 판매를 마친 가호와 가호 어머니가 털실아이로 들어왔다. 가호가 입 모양으로 '완판'이라고 말했고 나는 엄지를 들어 보였다.

새삼스럽게 털실아이를 크게 둘러봤다. 지금 이곳에 엄마가 없는 것이 안타까웠다. 사람들로 북적이고, 달콤한 디저트 향으로 가득해진 새로운 털실아이를 보여 주고 싶었다. 그런 생각을 하는 순간 윤아의 카메라가 시야에 들어왔다. 녹화 중임을 알리는 빨간 불이 켜져 있었다. 카메라는 우리의 눈을 대신해 순간순간을 포착하고 있었다. 덕분에 나는 조금 더 든든해진 마음으로 아쉬움을 덜 수 있었다.

공연이 시작되었다. 아빠가 먼저 동화를 구연한 후, 그 다음은 언니가 나의 동화를 맡기로 했다. 아빠가 고른 동화는 실로 만물을 짜던 여신의 실수로 어둠이 스며들게 된 세상에 관한 이야기였다. 내가 가장 좋아하는 동화이기도 했다. 나의 동화와도 세계관이 연결되어 있어 더 재미있게 들릴 거라며 아빠가 선택한 것이었다.

언니는 어린아이들에게 인기가 많았다. 작게 마련한 무대의 의자에 앉자마자 아이들의 시선이 단번에 쏠리는 게 느껴졌다. 언제 들어왔는지 이순 할머니가 나를 향해 작게 손 인사를 했다. 늦지 않게 도착해서 다행이었다.

매일이 밸런타인데이

언니는 마치 엄마가 그랬던 것처럼 동화를 읽기 시작
했다. 언젠가 엄마도 나를 무릎 위에 앉히고 책을 실감
나게 읽어 주곤 했는데……. 아이들은 저마다 엄마나 아
빠의 품에 기대어 이야기에 빠져들었다.

털실아이는 오랫동안 눈을 감고 있었어요.
산들바람에 눈을 떴을 때 하늘은 노란색으로 변해 있었
어요.
자세히 보니 그건 하늘이 아니라 우산이었어요.
진짜 하늘은 여전히 잿빛이었어요.
그 자리에 주저앉아 있던 털실아이의 주위에 친구들이
모여들었어요.
설탕으로 만든 털실아이의 달콤한 향은 모두를 기분 좋
게 만들어 줬어요.
한 번 맡으면 자꾸 생각날 정도였어요.
그 고마움을 잊지 않고 친구들이 털실아이를 도와주러
온 거예요.
친구들은 비를 멈추게 하거나
뜨개질로 털실아이의 다리를 다시 예쁘게 만들어 줄 순
없었어요.

하지만 털실아이가 더 녹지 않도록 우산을 씌어 주고 그
자리에 함께 있어 줬어요.

털실아이가 활짝 웃자 달콤한 향이 우산 너머 멀리까지
퍼졌어요.

그러자 모두가 안심했어요.

구연이 끝난 후 잠시 짧은 고요가 내려앉았다. 언니는
해설과 털실아이의 말을 다른 목소리로 표현했는데, 문
득 이 동화에서 말을 하는 인물이 털실아이뿐이라는 사
실을 깨달았다. 퇴고하며 몇 번이고 읽었는데, 왜 지금까
지 몰랐을까? 다음에는 더 다양한 인물을 만들고 목소리
도 주어야겠다고 다짐했다. 자연스럽게 다음 이야기를
쓸 생각을 하는 나 자신이 낯설면서도 설레었다.

나의 아쉬움을 알 리 없는 아이들의 맑은 눈동자는
여전히 언니를 향해 있었다. 동화의 결말에서 털실아이
는 친구들을 찾았지만 여전히 주저앉아 있었다. 그 결말
을 두고 아이들이 어떤 생각을 하는지는 알 수 없었다.
하지만 상관없었다. 이것이 내가 찾은 나만의 해피 엔딩
이었으니까.

곧 이순 할머니로부터 시작된 박수가 가게 안에 있는

매일이 밸런타인데이

모두에게로 번졌다. 그때 가호가 내 어깨를 톡톡 치더니 해사하게 웃으며 아까 내가 했던 것처럼 엄지를 들어 보였다. 그러곤 귓속말로 감상을 전하려는 듯하다가 이내 다음에 말해 주겠다며 나를 궁금하게 만들었다.

행사는 성공적으로 마무리되었다. 가게를 정리하는 아빠의 등을 보며 나는 나직이 말했다.

"아빠 있잖아, 그날……."

아빠도 언니처럼 오해하고 있을지 몰랐다. 나는 엄마가 그날 자신을 해치려 한 것이 아니며, 그 일에 나를 끌어들일 생각 또한 전혀 없었다는 걸 전해야만 했다. 그날 엄마와 내가 어디로 가고 있었는지도. 그동안 꼭 말해야 한다고 생각하면서도 진심을 꺼내지 못했다. 이미 아빠와 엄마의 사이는 그 문제와는 별개로 틀어져 있었고, 그런 상황에서 괜히 내가 끼어들어 일을 그르칠까 봐 두려웠다.

"다 알고 있어."

"어?"

"엄마에게 다 들었어, 그날의 일에 대해."

"……정말 아무 오해도 없는 거야?"

"그럼. 미도야, 엄마랑 아빠를 기다려 줘서 고마워."

그동안 나는 스스로 용기가 부족하다고 생각했다. 그러나 나의 망설임은 누군가에게는 친절이 되었고 때로는 고마운 기다림이 되기도 했다. 나는 아랫입술을 지그시 깨물었다. 왜 사람은 너무 기쁠 때도 눈물이 나는 걸까. 어쩌면 눈물이 웃음보다 더 많은 감정을 담아낼 수 있는지도 모르겠다. 결국 나는 눈물을 참지 못하고 흘려보냈다. 아빠 앞에서 오랜만에 우는 것이었지만, 후회되지는 않았다. 나의 눈물이 멎을 때까지 아빠는 말없이 기다려 주었다.

나는 아빠에게 예고 입시를 보고 싶다고 털어놨다. 지금부터 실기를 준비하려면 아득바득 열심히 해야겠지만, 그래도 도전해 보고 싶었다.

"해 봐, 할 수 있을 때까지. 후회하지 말고."

극심하게 반대할 줄 알았건만, 예상과 달리 아빠의 답은 간결했다. 내가 너무 놀라서 아무 말도 못 하고 있자, 아빠가 갑자기 옛날이야기를 꺼냈다.

"그거 기억나? 옛날에 미도가 진짜 재미있고 아름다운 이야기는 남겨 달라고 했잖아. 미도가 쓸 거라면서. 엄마하고 아빠가 동화를 많이 쓰면, 네가 쓸 게 남아 있지 않을 거라면서 조바심을 냈어."

매일이 밸런타인데이

"내가 그런 말을 했다고?"

"응. 그런데 아빠는 그런 예감이 들어. 내가 아무리 아름다운 동화를 써도, 앞으로 미도가 쓸 이야기보다는 못할 거 같아."

내가 얼굴을 찡그렸다.

"그런 게 어디 있어. 각자가 쓸 수 있는 이야기가 있기 마련이잖아."

"우리 딸한테 내가 한 수 배우네."

나는 아주 오랜만에 아빠를 껴안았다. 아빠의 몸피는 많이 작아졌지만, 그 품은 여전히 부드럽고 따뜻했다.

행사를 마치고 이틀 뒤, 엄마가 퇴원했다. 예정보다 일주일이나 빠른 퇴원이었다. 어젯밤 오랜만에 네 가족이 함께 둘러앉아 저녁을 먹는데 어색함이 감돌았다. 일상으로 돌아가려면 모두에게 시간이 필요해 보였다. 엄마는 아빠에게 앞으로 우울증 치료를 꾸준히 받겠다고 약속했고, 나는 그 결정을 적극 응원하겠다고 힘을 보탰다. 아빠는 요즘 쓰고 있는 소설에 대해 조심스럽게 설명했다. 그 말에 엄마는 동료를 잃었다며 슬픈 기색을 거두지 못하면서도 아빠의 도전을 응원했다. 언니는 식사 내내 말을 아꼈다. 여전히 엄마가 어려운 모양이었다.

저녁 식사를 마친 뒤 빔 프로젝트를 켰다. 그동안 윤아가 편집해 둔 이십 분짜리 영상을 보여 주기 위해서였다. 비록 미완이었지만, 엄마만을 위해 급히 준비한 작은 시사회였다. 구연 행사 날의 장면은 아직 편집되지 않아이어 붙여 두기만 한 상태였다. 뒤로 갈수록 완성도가 떨어졌지만, 날것 그대로의 영상을 보는 재미가 있었다. 화면은 언니의 구연이 끝나고 사람들의 박수가 이어지다가 갑자기 흔들리더니 뚝 끊겼다.

"아직 영상은 안 끝났어. 이제 엄마도 같이 완성해야해. 부탁할게."

내가 아무것도 비치지 않는 화면을 응시하며 말했다. 놀랍게도 엄마는 털실아이를 조금 더 운영해 보겠다고했다. 엄마의 마음이 바뀐 것이 반가워 내가 싱글벙글하고 있는데, 언니는 기다렸다는 듯 이제 자기는 가게에나가지 않겠다고 선언했다.

그 후 나는 언니 방으로 따로 찾아갔다.

"언니는 아직 엄마가 어려워?"

내가 조심스럽게 물었다.

"응, 어렵네."

"왜?"

"너, 가족은 가족이라서 더 어렵다는 말 못 들어 봤어?"

"들어 봤지."

"그럼 알 거 아니야. 뭘 자꾸 물어."

투덜거리는 말투였지만 나는 언니의 대답이 마음에 들었다. 정말 가족은, 가족이라서 더 어렵다.

엄마가 삼 개월 만에 털실아이에 출근한 날이자, 마지막 촬영 날이었다. 윤아가 팔을 높이 들고 소리 없이 손가락을 탁 튕겼다. 녹화가 시작되었다는 신호였다.

"2대 사장님, 가게로 돌아온 소감이 어떠신가요?"

"여러모로 엉망이에요. 매대가 텅텅 비었거든요. 새로 발주도 넣어야 하고 제품도 얼른 만들어야 해요. 해야 할 일이 넘치니까 기운을 안 낼 수가 없네요. 그래도 아이들 덕분에 가게의 숨이 이어졌어요. 제가 병원에 있는 동안 아이들이 털실아이를 보살펴 주지 않았다면……이렇게 가게를 이어 가겠다는 생각조차 하지 못했을 거예요."

차분한 엄마의 목소리가 듣기 좋았다. 윤아가 엄지와 검지로 동그라미를 만들어 오케이 사인을 보냈다.

"와! 인터뷰 정말 잘하시네요!"

"이 정돈 껌이지."

엄마가 여유롭게 미소를 지었다. 그러곤 나에게 다가와 말했다.

"그동안 고생했어. 사실 병원에서 미도가 가게를 다시 열겠다고 했을 때는 터무니 없다고 생각했어. 미주랑 친구들까지 합세해서 돕고 있다는 말을 들었을 때는 네가 혹시 말을 지어 내는 건가 싶었다니까. 그만큼 미도가 벌이고 있는 일을 믿기 어려웠어."

"나도 한다면 하는 사람이야."

엄마가 웃음을 터트리며 손바닥을 들어 보였다. 어느새 나는 엄마와 키가 비슷해졌다. 겨울 방학 동안 키가 더 큰 것 같았다. 정말 교복 셔츠를 새로 사야 할지도 몰랐다.

내가 어리둥절한 얼굴을 하자 엄마가 말했다.

"바통 터치 해야지!"

엄마와 내가 동시에 "바통 터치!"를 외치며 손이 얼얼할 정도로 하이파이브를 했다.

"아, 잠시만요! 방금 되게 멋진 장면이었는데 한 번만 더 해 주시면 안 될까요?"

윤아가 가방에서 카메라를 다시 꺼내며 다급히 외쳤다. 엄마와 나는 과장된 동작으로 바통 터치를 했다. 그렇게 마지막 촬영도 끝이 났다.

겨울 방학 마지막 날은 월요일이었다. 느지막이 눈을 떠 보니 집에는 윤희와 나밖에 없었다. 엄마는 일찍 털실아이로, 아빠는 서점으로 출근한 듯했다. 언니는 데이트에 나간 모양이었다. 부엌 식탁 위에는 엄마표 달걀샌드위치가 놓여 있었다. 나는 든든하게 점심을 챙겨 먹고 윤희와 함께 집을 나섰다. 학원에 가기 전 털실아이에 들르기 위해서였다. 오늘부터 예고 입시 준비를 위해 학원에 다니게 되어 걱정이 됐지만 한편으로는 마음이 설레었다.

가게 앞에 도착하자마자 윤희가 갑자기 컹컹 짖었다. 윤희는 반가움을 표현할 때 가장 우렁차게 짖는다. 유리문 너머로 엄마와 언니의 뒷모습이 보였다. 둘은 윤희의 부름을 듣지 못한 듯했다. 언니는 태호 오빠를 만나러 간 게 아니라 털실아이로 출근한 거였다. 가게 일에 손 떼겠다고 칼같이 말할 때는 언제고. 언니도 겨울 동안 가게 일을 도왔던 시간이 즐거웠던 걸까?

엄마와 언니가 나란히 서 있는 뒷모습이 보기 좋아 가게로 들어가지 못하고 멀찍이 서서 그 장면을 지켜보았다. 둘은 새로 들어온 털실을 매대에 진열하고 있었다. 알록달록한 털실 덕분에 멀리서 봐도 가게가 생기 넘쳐 보였다. 엄마와 언니가 서로에게 몸을 약간 기울였다. 대화를 나누는 듯했다. 둘만의 시간을 보내도록 내버려 두는 게 좋을 것 같아 발길을 돌려 무작정 걷기 시작했다.

아직 바람은 차가웠다. 곧 꽃샘추위가 닥칠 테지만, 확실히 봄은 봄이었다. 나는 가호에게 전화를 걸어 윤희와 함께 산책하자고 했다. 볼캡을 쓴 가호가 작은 종이 가방을 들고 허둥지둥 나왔다.

우리는 천변을 따라 천천히 걸었다. 그렇게 삼십 분쯤 걸었을까, 목덜미에 봄볕이 달라붙은 듯 땀이 차오르는 게 느껴져 돌담에 앉아 잠시 쉬기로 했다.

"그때 무슨 말 하려고 했던 거야? 우리 구연동화 행사 날에 네가 나한테 귓속말하려다가 말았잖아."

바람에 얼굴의 열이 어느 정도 식었을 때, 내가 물었다.

"그냥, 좋았다고."

"그게 다야?"

가호는 고개를 끄덕이더니 내내 들고 다니던 종이 가방을 내밀었다. 섭섭하다는 말을 꺼낼 틈도 없이 어느새 내 손에는 선물이 들려 있었다.

"이번에 새로 구운 거야."

종이 가방 안에 든 상자를 꺼내 열어 보니 그 안에 털실 모양의 몽블랑 타르트가 들어 있었다.

"이거 내가 말했던 거잖아! 기억하고 있었구나!"

나는 환호성을 지르며 몽블랑을 요리조리 살폈다. 마론 크림이 털실처럼 겹겹이 쌓여 있어 마치 타르트 위에 갈색 털실 뭉치가 올려진 것 같았다.

"몽블랑은 아직 학원에서 진도를 안 나가서, 혼자 인터넷 찾아서 만든 거야. 그래서 맛은 보장 못 해."

가호가 자신 없는 목소리로 말했다.

"고마워, 정말로."

나는 마음을 꾹꾹 눌러 담아 또박또박 말했다.

덕분에 이번 겨울 내내 밸런타인데이 같았어.

진짜 하고 싶은 말은 따로 있었지만, 이미 가호의 얼굴이 붉게 달아올라 있어서 이 말은 삼켰다. 가만 보니 가호의 얼굴이 조금 가무잡잡해져 있었다. 지난 겨울 볕에 조금 탄 걸지도 몰랐다. 어찌 되었든 창백했을 때보다 훨씬 보기 좋았다. 날카로웠던 턱에도 살이 조금 붙은 건지 인상이 부드러워졌다. 가호의 변화에 나까지 기분이 좋았다.

"이따가 먹으면 다 녹을 것 같아. 가장 맛있을 때 먹어야지."

내가 몽블랑을 크게 한 입 먹었다.

"어때? 맛있어?"

나보다 한 계단 위에 앉은 가호가 궁금해하며 내 쪽으로 상체를 숙였다.

"너무 맛있는데?"

내가 잔뜩 흥분해 외쳤다.

"정말?"

"응! 그러니까…… 한 입 먹는 순간 밤 요정이 혀 위에서 춤추는 기분이랄까?"

지금 내가 느끼는 황홀한 미각을 최대한 자세히 전달하고 싶었다. 가호가 안도의 한숨을 내쉬었다.

"처음 피낭시에 먹었을 때보다 맛 표현이 더 다채로워진 것 같다?"

"그렇지? 네 덕분에 다양한 디저트의 맛을 알게 돼서 그런가 봐. 다 똑같은 단맛이 아니었어. 너는 내 글을 읽고도 평론하려는 노력도 안 했지만 말이야."

내가 일부러 심술궂은 말투로 말했다.

"그건, 나는 글에 대해 잘 모르기도 하고……."

가호가 당황한 듯 우물쭈물했다.

"농담이야, 농담. 그나저나 몽블랑도 그렇고, 네가 만들었던 과자들 전부 가게에서 팔면 좋겠다. 우리 구연동화 했을 때도 반응 좋았잖아. 아, 그러면 니농디저트로 상호를 바꿔야 하나?"

가호가 한참 망설이다가 입을 열었다.

"우리 가게는 이제 문을 닫아."

나는 가호에게 어떤 말을 해 줘야 할지 몰라 손끝만 만지작거렸다. 어느 정도 예상한 일이었는데도 마음이 좋지 않았다.

"봄 안에 가게를 정리하기로 했거든. 엄마가 아빠하고 다시는 가게를 열지 않겠다는 약속도 했어."

"너는 괜찮아……?"

"괜찮아. 나중에 나만의 디저트 가게를 차리게 되면 네 말대로 니농디저트로 할까 봐. 그렇게 다른 방식으로 니농마카롱이 이어지는 거지."

가호가 맑게 웃었다. 정말 괜찮은 건지, 애써 괜찮은 척하는 건지 헷갈렸다. 꾹 다문 입과 무언가를 찾는 듯한 시선…… 가만히 보면 가호는 상대가 마음을 쓰게 만들었다. 달리 생각하면, 가호에게는 그런 의도가 없었는데 내가 먼저 그 아이의 공허를 발견하고 마음을 쓴 것 같기도 했다.

나는 우물쭈물하다가 몽블랑을 한 입 더 먹었다. 이와중에도 몽블랑은 정말 맛있었다. 나는 탄식하며 몽블랑의 단면을 바라봤다.

"그래도 아쉽다. 이렇게 맛있는 걸 더 많은 사람이 맛보면 좋을 텐데."

가호가 나를 바라보다가 입꼬리를 부드럽게 말아 올렸다.

"……미도야, 사실 나는 너를 알고 있었어."

가호는 나를 여름부터 봐 왔다고 고백했다. 이사를 온 뒤 집에 틀어박혀 베이킹을 반복하던 외로운 나날이었다. 반죽을 냉장고에 넣어 휴지할 때나 오븐에서 과자가 구워지길 기다릴 때면, 가호는 하염없이 창밖을 바라봤다. 여름의 시작을 알리듯 무성해지는 연녹색 잎들 사이로 보이는 골목은, 하교 시간이 되면 활기가 넘쳤다. 같은 학교 교복을 입은 아이들이 삼삼오오 무리 지어 다니는 모습을 보면 가슴이 쑤셨다. 가호는 자신이 그 창밖 세상과 섞일 수 없는 이물질 같았다. 그렇게 부엌에 난 조그만 창을 보며 스스로를 갉아먹는 생각의 늪에 빠져 허우적거리던 어느 날, 털실아이로 뛰어오는 나를 봤다고 했다.

"네가……."

가호는 잠시 말을 멈추고 머뭇거렸다.

"그렇게 뛰어온 거야, 그 가게로."

내가 어떻게 뛰어왔다는 걸까. 바보처럼 우스꽝스러운 동작으로? 달리기 선수처럼 기세 좋게? 생략된 말을 궁금해하고 있는데, 가호가 조금 더 낮은 목소리로 말을 이었다.

"너는 겨울이 얼른 끝나면 좋겠다고 했지만, 나는 겨울이 좋았어. 봄이 오면 너희 가게 앞에 우뚝 서 있는 나무가 점점 무성해질 테고, 그러면 뛰어오는 미도 네가 잘 보이지 않을 테니까."

여전히 내가 어떻게 뛰어왔다는 건지 궁금했지만, 묻지 않았다. 가호의 마지막 한마디에서 그보다 더 중요한 의미를 발견했기 때문이다.

"내가 너를 먼저 알았다고 생각했는데."

"너를 지켜봤다는 걸 들킬까 봐 처음엔 일부러 무심하게 굴었어, 미안해."

잠시 가호와 나 사이에 정적이 흘렀다. 나는 속으로 지난 방학을 돌아봤다. 종업식 날, 마카롱을 먹으며 가호에 대해 얼마나 더 알아갈 수 있을지 가늠했었다. 이렇게 가호와 마주 보고 앉아 그가 만들어 준 몽블랑을 먹게 될 줄은 전혀 예상하지 못했다. 상상도 못 한 명랑한 사건이 벌어지는 것, 그게 방학의 묘미일 것이다.

나는 이 방학을 어떻게 기억하게 될까? 언니는 오래 기억하고 싶은 것은 가장 먼저 잊히고, 기억하고 싶지 않은 것은 오래도록 남는다고 말했다. 기억이란, 원하지 않는 것만 건져 올리게 될 줄 알면서도 구멍이 숭숭 뚫린 그물을 바다에 던지는 일과 같은 거라고도 했다. 그렇다면 훗날 나는 이 겨울을 빠르게 잊게 될까. 그러고 싶지 않았기에, 나는 기억의 법칙을 나만의 방식으로 다시 쓰기로 했다.

기억하고 싶은 빛나는 순간들은 망망대해 안에 잠겨 있거나 잃어버린 게 아니라, 이미 내 손안에 있었다. 너

매일이 밸런타인데이

무 가까이에 있어서, 손에 쥐고 있어서, 몸에 새겨져 있어서 알아채기 어려운 것뿐이다. 그런 순간들은 그물을 펼칠 용기를 줘서 애써 피하고 싶던 기억도 마주 보게 만든다. 이 이야기를 언니에게 해 주면 어떤 말이 돌아올까. 아마도 그런 생각을 할 시간에 공부나 하라는 잔소리를 들을 게 뻔했지만, 그것이야말로 언니다운 반응이었다.

그런 생각을 하니 입가에 옅은 웃음이 번졌다. 나는 용기를 내 먼저 입을 열었다.

"내일부터는 학교에서 매일 보겠네. 같은 반에서."

가호가 말없이 눈을 내리깔며 고개를 살짝 숙였다. 나는 더 깊이 고개를 숙이고 가호와 눈을 맞추며 물었다.

"우리, 가게 앞에서 만나서 같이 갈래?"

가호가 선선히 고개를 끄덕였다.

고백은, 역시 조금 더 미뤄야겠다. 그래도 드디어 가호가 교복 입은 모습을 볼 수 있다. 나는 그 모습을 누구보다 먼저 보고 싶었다.

작가의 말

학창 시절, 나는 마음을 맡겨 둔 단골 가게가 많았다. 프라페가 맛있던 카페와 못난이 튀김을 서비스로 주곤 했던 분식집 그리고 매년 다이어리를 샀던 잡화점……. 나는 공간에 유난히 정을 많이 주던 아이였다. 하지만 내가 좋아했던 가게들은 이제 모두 사라졌다.

그렇다고 해서 추억까지 철거된 건 아니다. 친구들과 그 가게들이 있던 골목을 지나갈 때면, 나는 질리지도 않는지 "여기 기억나?" 하고 넌지시 말을 건넨다. 그러면 마치 타임 리프라도 한 것처럼 우리는 과거의 그날로 돌아간다. 나는 그 장소들에서 타인에게 마음을 보여 주고, 나누고, 맡겨 보기도 하는 신비로운 경험을 했다. 그런 경험을 담아내고 싶다는 생각에서 털실아이와 니농마카롱의 이야기가 시작되었다.

작가의 말

사실 십 대 시절 내가 마음을 의탁했던 장소가 하나 더 있다. 실제로 존재하지 않는 가상의 장소, 바로 소설이다. 어렸을 때 나는 책을 읽고 나면 잠시 눈을 감고 가만히 누워 있곤 했다. 방금 눈에 담은 글자들이 나에게서 빠져나갈까 봐 두려웠고, 책 속 세계에 조금이라도 더 머물고 싶어 했다. 수많은 작가를 동경했고, 소설을 읽으면서 황홀해했으며, 남몰래 이야기를 쓰기도 했다.

그 시절 나는 글과 단단히 사랑에 빠져 있었지만, 소설가가 되겠다는 생각은 단 한 번도 해 보지 않았다. 있는 힘껏 꿈을 외면해 왔다. 하지만 돌고 돌아 지금, 이 글을 쓰고 있다. 오랫동안 관심을 주지 않아 다 부스러졌을 줄 알았는데, 마음 한 귀퉁이에 꿈이 딱 버티고 서 있었다.

우리가 주춤거리고 망설일 때 시간은 절대 멈춰 주지 않지만, 꿈은 기다려 준다. 그 사실이 나에게 큰 위안이 되었다. 그러니 실컷 길을 잃어도 괜찮다. 때로는 일부러 샛길을 택하는 용기도 내보길 바란다. 당신이 어떤 모험을 즐기든 꿈은 여전히 제자리에 있을 것이고, 그사이 자신도 몰랐던 새로운 꿈이 얼굴을 들이밀지도 모를 일이다.

이 이야기가 세상에 나올 수 있도록 힘써 주신 자이언트북스 출판사의 한주희 이사님과 유혜림 편집자님께 감사드린다. 청소년의 마음을 가늠하며 글을 쓰는 과정에서 많은 것을 배웠다. 마지막으로 이 글을 읽고 있는 당신에게 감사의 인사를 전한다. 이 이야기가 조금이라도 용기를 주었길 바란다.

2026년 겨울
연소민

추천의 말

향기가 떠오르는 책이 있다. 어떤 책에서는 숲속의 싱그러운 향이, 또 어떤 책에서는 상큼한 과일 향이 떠오른다. 『설탕 실』을 덮고 난 뒤, 한동안 좋은 버터를 태웠을 때의 고소한 너티 향이 코끝에 맴도는 것만 같았다. 미도와 가호가 함께 피낭시에를 만들던 장면 때문인지, 아니면 털실아이에 가면 어떤 냄새가 날지를 상상했기 때문인지는 알 수 없다. 어쩌면 둘 다일 수도 있겠다.

오래 묵은 올 털실에서는 묵직하면서도 고소한 냄새가 난다. 버터를 태울 때 나는 냄새와 비슷하면서도 다른 향이다. 울은 양털이고, 양털에는 라놀린(Lanolin)이라는 천연 기름기가 배어 있다. 이 기름기가 실에 남은 채로 오래 묵히면 그런 향이 난다.

버터와 털실. 전혀 다른 두 소재가 의외의 향기를 공

추천의 말

유하듯, 『설탕 실』의 인물들 역시 개성적이지만 한 가지 공통점을 가지고 있다. 흔들리고 불안해하면서도 진득하게 내일로 한 걸음씩 나아간다는 점이다. 부정당할 수 있다는 두려움을 이겨 내고 글쓰기를 좋아하는 마음을 세상에 드러낸 미도, 학교에 가기 힘들 정도로 마음의 허리를 다쳤지만 조리 고등학교에 도전하는 가호, 다디단 마카롱의 힘을 빌려 쓰디쓴 우울감을 떨쳐 내려고 애쓰는 혜지 씨, 도려내진 유년을 기억하면서도 또 다른 구멍을 만들지 않으려 노력하는 미주까지. 인물들의 불안은 무척이나 현실적이어서, 보고 있으면 마음이 아플 정도로 가깝게 다가온다. 언젠가 나 역시 품고 있던, 그 서툰 고민의 조각을 하나씩 안은 채 허우적거리는 그들의 모습은 참으로 사랑스러웠다. 훗날 미도가 쓴 또 다른 동화를 읽고 싶어졌고, 가호가 다쿠아즈를 더 맛있게 구워 낼 수 있기를 응원하게 되었다.

버터를 잘 태우려면 중불에서, 버터 전체에 열이 고르게 잘 전달될 수 있도록 천천히 저어 주어야 한다. 서둘러서는 안 된다. 버터를 잘 살피며 적당한 색이 나왔는지 계속 확인해야 한다. 불안도, 다른 사람과의 관계도 그렇지 않을까. 일상을 버티고 있는 친구들에게 『설탕

실』은 소설 속에 나오는 동화 내용처럼, 작은 우산이 되어 줄 것이다.

범유진(소설가)

동화의 결말에서 털실아이는
친구들을 찾았지만, 여전히 주저앉아 있었다.
그 결말을 두고 아이들이
어떤 생각을 하는지는 알 수 없었다.

하지만 상관없었다.
이것이 내가 찾은 나만의 해피 엔딩이었으니까.

설탕 실
ⓒ 연소민

1판 1쇄 발행	2026년 2월 14일
1판 2쇄 발행	2026년 3월 31일

지은이	연소민
펴낸이	지영주
편집	유혜림
펴낸곳	㈜자이언트북스
출판등록	2019년 5월 10일 제2019-000085호
주소	경기도 고양시 덕양구 덕은1로 5 2층

전화	070-7770-5300
팩스	02-516-5320
홈페이지	www.giantbooks.co.kr
전자우편	giantbooks00@gmail.com
인스타그램	https://www.instagram.com/giantbooks_official

ISBN	979-11-91824-52-0 (43810)